CW01621682

Non conosco nulla al mondo che abbia tanto potere
quanto la parola.
A volte ne scrivo una, e la guardo,
fino a quando non comincia a splendere.

(Emily Dickinson)

DP 01729839O8
CARTA, FORBICE
E PIETRA BREV
RISTAMPA 2015
ALIQUò ANGELO
KIMERIK C.E.
KIMERIK C.E.

Casa Editrice Kimerik®

Angelo Aliquò

Carta, forbice e pietra:
breve storia di passione, ragione e forza

Kimerik® è un marchio registrato

NOTE DELL'EDITORE
Ogni eventuale riferimento a nomi di persona, luoghi, avvenimenti, fatti storici, siano essi realmente esistiti o esistenti, è da considerarsi puramente casuale.

Angelo Aliquò
Carta, forbice e pietra: breve storia di passione, ragione e forza

Prima edizione settembre 2015

© Casa Editrice Kimerik
Proprietà letteraria riservata

Tel. 0941.21503 - Fax. 0941.243561
Casa Editrice Kimerik, Piazza Gramsci, 1/3 - 98066 PATTI

Partita IVA 02778870383
Posta elettronica: redazione@kimerik.it
www.kimerik.it

I diritti di riproduzione e traduzione sono riservati. Nessuna parte di questo libro può essere utilizzata, riprodotta o diffusa con qualsiasi mezzo senza autorizzazione scritta della Casa Editrice. Copia singola non cedibile a terzi, tutti i diritti sono riservati.

Progetto editoriale: Casa Editrice Kimerik
Immagine di copertina: *Him* di Daniela Balsamo

ISBN 978-88-6884-586-5

Prefazione

Ruotano attorno a tre elementi le storie di tre persone che, per destino o coincidenza, si intrecciano come un tessuto fitto e denso.

Passione, ragione e forza. Carta, forbice e pietra. Le mani si stendono o si chiudono a pugno, chi vince intasca le figurine del calciatore del momento.

Carta, forbice e pietra. In un gioco da bambini è racchiuso un mondo fatto di lotte interiori, di sogni da realizzare, di desideri solo apparentemente assopiti ma mai dimenticati. Sono desideri che rimangono lì, a pelo d'acqua, sulla superficie dove non arriva il sole, in attesa e in silenzio, pronti però per essere tirati fuori in un momento migliore.

Ma a Palermo la vita è così e i momenti migliori sembrano non arrivare mai. A Palermo la vita è fatta di ruoli, di parole non dette, di avvertimenti. I giochi dei bambini diventano le lotte degli adulti. *Non posso andare a casa sua, mio padre non vuole perché gli sbirri non si frequentano.*

E così i bambini di Palermo sono costretti a crescere un po' più in fretta, sentendosi in guerra anche in tempi di pace. E da bambini si diventa adulti e si impara a dire ai propri figli: *Non andare a casa sua, perché gli sbirri non si frequentano.*

Si cresce in fretta giocando a Carta, forbice e pietra, sfidando gli elementi e scommettendo su di essi;

e si cresce anche quando, una mattina di un giorno qualunque, un bambino si ritrova un padre morto e un altro un padre assassino, e si è costretti, da soli, a fare i conti con qualcosa che non si conosce ma che, senza che nessuno lo abbia invitato, si presenta inesorabilmente davanti alla nostra porta.

A mia madre, a Giovanna

Presentazione

Ci sono storie rubate ascoltandole per strada da sconosciuti, c'è qualcosa che mi è stato raccontato come uno sfogo, come un pianto, come una liberazione o come invece un vanto. C'è una città ferita, dolente e decadente. Abituata a non cambiare e farsi trascinare piano da un leggero scirocco. Una società innamorata, ma sempre di un amore sbagliato o addirittura dei propri carnefici.

C'è anche un poco di me e c'è tanta vita di altri.

E infine c'è anche tanta immaginazione e un desiderio che mi ha guidato: quello di emozionare chi legge.

Angelo Aliquò

Prologo

Carta, forbice e pietra! Le mani dei due ragazzini si distesero, una a pugno chiuso e l'altra tutta aperta. La seconda era carta e avvolgeva la pietra.

Le figurine passarono di mano.

Accanto, due bambine facevano lo stesso gioco, anch'esse con le figurine dei calciatori…

1. Gabriele

Un ragazzino, cosa può pensare un ragazzino di quattordici anni che ama il calcio e al quale è proibito di andare a giocare in una buona squadra? Cosa può pensare se non che odia suo padre e sua madre, che vuole portarlo soltanto a messa o a pregare in tutti i modi e in tutti i luoghi?

E già, Gabriele – il suo nome da arcangelo gli sembra uno scherzo del destino, se sua madre sapesse – passati da poco i quattordici, con i suoi amici si sfoga e la definisce con astio *cintura nera di catechismo*, amica degli studiosi del kamasutra della religione. Sua madre non sa neanche cosa sia, il kamasutra. La casa dei suoi genitori è sempre invasa da gente fanatica di Cristo, gente con problemi, donne abbandonate o con figli handicappati, persone fragili, insicure, che si consolano, si confortano e si scaldano nella preghiera. Sua madre è un riferimento per tutti loro, ma sempre meno per lui, che vorrebbe davvero avere quattordici anni e fare quello che fanno quelli della sua età. A volte è riuscito a farlo e si è trovato bene, molto bene. È bravo a giocare a calcio e ha carattere. Capisce la sua posizione in campo ed è veloce, resistente. Ma a casa deve nascondersi, fingere di essere il bravo bambino accondiscendente di sempre.

Un giorno fu avvicinato da un ragazzo che gli chiese se avesse voluto partecipare a un vero torneo, gli fu chiesto di parlarne con i suoi genitori. E sembrava l'avverarsi di un sogno. Mentre Paolo Rossi segnava contro il Brasile, la Polonia e la Germania, lui segnava contro altri ragazzi italiani, e sognava di tanti altri posti che sognavano gli stessi suoi sogni. E appena tornato a casa, chiese di andare in una squadra vera, di giocare sul serio.

Un ragazzino non può capire il perché di quel no.

Un ragazzino, abituato a vedere suo padre che si divide tra ufficio e casa e quelle rare volte che va fuori per strada è attorniato da uomini di scorta, non può capire il pericolo. Perché in quella condizione è cresciuto e per lui è normalità.

Un ragazzino di quattordici anni pensa a se stesso e alla sua voglia di diventare grande, di andare via da casa e dalle preghiere di sua madre. Di andare via dai doveri che rifiuta e di correre dietro a un pallone.

E, diventato più grande, ha iniziato, forse anche per un senso di rivalsa, a odiare più forte suo padre per quel suo maledetto lavoro che faceva in silenzio mentre tutti parlavano. Non faceva neanche quello che facevano gli altri, non rilasciava interviste, non parlava proprio con i giornalisti e non dava notizie. Ogni tanto, davanti alla faccia di un politico che scorreva in televisione, lo vedeva con sguardo severo dargli del mascalzone. A volte Gabriele osservava suo padre in televisione, sempre in silenzio durante le conferenze stampa che in questura si svolgevano dopo importanti arresti. Lasciava sempre che parlassero gli altri. E mentre tutti parlavano, suo padre taceva, lui cresceva e come tutti i ragazzini voleva un padre non solo invincibile, ma anche importante e conosciuto.

Mentre le camere riunite votavano il nuovo Presidente della Repubblica, lui non si spiegava perché non votassero suo padre.

Avrebbe desiderato sentirlo esprimere davanti a tutti, che fosse conosciuto alla gente, che fosse ammirato e amato come lo amava lui. Ma il padre continuava a tacere e così si spiegava il motivo della mancata immaginaria elezione. Lo odiava e lo ammirava infinitamente. Voleva essere come lui.

E suo padre era un uomo serenamente ostinato e deciso. *Un poliziotto non rilascia mai interviste*, *Un poliziotto non è un politico*, *Un poliziotto non si espone, oltre quanto non sia già esposto*, poi ancora: *Un poliziotto in Sicilia è in guerra e in guerra si combatte cercando di non farsi ammazzare*, *Per vincere una guerra bisogna rimanere vivi.*

E così, mentre in Sicilia si moriva, suo padre rimaneva vivo. Non lo faceva giocare a calcio e non faceva, secondo lui, l'eroe. L'equazione per lui aveva una sola soluzione: lo pensava un vigliacco ma non si spiegava perché volesse essere come lui.

Gabriele cresceva così, tra il sole e il sudore della corsa nei campi di calcio. Tra la scuola, le preghiere della madre, le sirene delle volanti, la violenza e le deboli proteste di una città fintamente scandalizzata e realmente malata di connivenza. E vedeva, come tutti i ragazzini di Palermo, lapidi e morti ammazzati. Se ti chiedevano una indicazione stradale, rispondevi non con i nomi delle strade o gli incroci. Vai dove hanno ammazzato quel giudice, poi gira per dove hanno ammazzato il poliziotto e arrivi dove hanno trovato il corpo di quell'altro. Se ne accorse un giorno d'inverno. Si accorse della barbarie della città quando sentì due adulti chiedere indicazioni su una strada e sentì rispondere da un negoziante: «Di Palermo siete? Avete presente dove hanno ammazzato *u picciriddu*? Lì davanti è il negozio che cercate».

A Palermo ci si abituava anche a questo.

Il popolo si stava abituando e Gabriele pensava che anche suo padre si fosse abituato.

Io sono Gabriele, e oggi vedo quel ragazzino che ero e vorrei spiegargli ciò che è successo, in modo da evitargli quelle inutili angosce e sensi di colpa.

Non devi odiare tuo padre e non devi fartene una colpa, gli direi.

Passeranno gli anni e capirai che quell'uomo non si stava affatto abituando e che la sua sofferenza era proporzionale alla sua immensa forza.

Gli direi ancora: *Non fartene una colpa*, se lui è morto ammazzato una mattina per strada mentre ti aspettava.

Non fartene una colpa se improvvisamente hai scoperto che non te ne fregava nulla di avere un papà importante ma di averlo vicino quando ne avevi bisogno. Di vederlo sorridere a bordo campo per la tua partita ben giocata, per il tuo gol, per i primi tuoi esami all'università, per la tua laurea e perché è diventato nonno.

Oggi ho più di quarant'anni e mio padre manca da trenta. Oggi ne avrebbe quasi settanta. No, non sarebbe Presidente della Repubblica, ma sarebbe accanto a noi, a vedere che le cose lentamente cambiano.

La bruttezza resiste a morire, ma alla fine, grazie a quelli come lui, svanisce, perché è una cosa degli uomini e come le cose degli uomini – disse qualcuno – ha una fine.

Sentii gli spari. Quattro colpi forti, mentre ero dentro l'ascensore e lo stavo raggiungendo perché quel giorno doveva accompagnarmi a scuola.

Il giorno prima, con i compagni speravamo in una bella giornata, perché la mattina seguente avremmo avuto educazione fisica per due ore. Mancava la professoressa di italiano a seconda ora e, evento del tutto eccezionale, sarebbe stata sostituita dal professore di educazione fisica.

Due ore di calcio insperate, per le quali avremmo sopportato la vecchia insegnante di matematica con minore sforzo.

Appena sveglio guardai alla finestra per accertarmi non ci fossero nuvole e ricordo ancora il mio inconsapevole raggiante sorriso davanti al cielo più limpido che si fosse mai visto.

Come si può uccidere un uomo sotto un cielo così azzurro?

I colpi mi stordirono. Furono rapidi, ma sono sicuro che tra il primo e il secondo sperai che non fossero colpi di pistola.

Gli spari li conoscevo, qualche tempo prima li avevo sentiti, erano serviti a qualcuno per uccidere un politico che non aveva rispettato i patti pre-elettorali con la mafia. E io ero lì vicino, eravamo a casa di un magistrato amico dei miei e l'omicidio fu sotto quella casa e mio padre e il suo amico si precipitarono giù. Quella sera andai a casa con mia madre e mio padre tornò tardi, forse era già mattina, e io a scuola raccontai ai miei compagni di mio padre, il mio eroe, che era corso giù e di aver visto il cadavere dalla finestra. Mi infuriai con chi mi chiese «Perché? Che fa tuo padre? Sei figlio di sbirro?» quasi che dovessi vergognarmene. E mi infuriai con chi a questa domanda rise, perché a Palermo se vuoi essere rispettato devi essere un poco malandrino, non sbirro, piuttosto *malacarne*, oggi sento dire ai ragazzini *macagno*.

Si formarono due gruppi, i compagni che mi ascoltavano e gli altri che si allontanarono da noi *piscialetto* e sbirri.

Solo dopo tempo ricompattammo il gruppo a seguito di un *aggaddo*, una rissa, con i ragazzi del Borgo vecchio che ci fermarono per strada tentando di rubarci un pallone. Noi vincemmo e io ne sconfissi due e smisi di essere *piscialetto* per i miei compagni. Ma quella notte, dopo aver dato botte, piansi e pisciai davvero il letto, e non ho memoria che mi fosse capitato prima.

In ascensore ero stordito dalla paura, sentivo i battiti del cuore e le orecchie erano calde, sudavo e lo zaino era diventato pesante. Ansimavo per quei maledetti secondi che mi separavano dal piano terra, per quella porta scorrevole e per le grida che già sentivo fuori. Lo sentivo e lo temevo, improvvisamente lo temevo.

Non poteva essere lui, era impossibile. E fui fuori e qualcuno mi prese, e io scalciai, gridai di lasciarmi stare, mi liberai e mi domandai dove fossero scappati quelli che avevano sparato. Mi domandai come il corpo di un uomo potesse contenere tutto quel sangue e non potei domandarmi se fosse ancora vivo, perché i colpi avevano devastato il suo capo.

Non c'è giorno che non ci pensi.

Aveva estratto la sua pistola, ma era morto senza usarla e stringendola nel pugno chiuso.

Provai a levargliela senza pensare a ciò che stavo facendo.

Provai a chiamarlo, ricordo che mi mancava l'aria e gridavo, gridavo e gridavo. Non parole, ma urla soltanto. E le ricordo tutte quante, le mie urla. Finché ebbi aria, urlai e sbavai e piansi e maledissi con la forza di un bambino che stava compiendo la metamorfosi in adulto.

Centinaia di persone assiepate a vedere la scena, chi piangeva e chi si prodigava ad allontanare la folla di curiosi, un poco indignati, ma soprattutto bramosi di potere sapere chi fosse il morto ammazzato, per potere raccontare ai conoscenti di averlo visto. Solo i bambini erano zitti, guardavano in silenzio mentre alcuni li allontanavano coprendo i loro occhi con le mani. Qualcuno, inconsapevole, si avvicinò gridando indignato per l'interruzione del traffico a quell'ora, perché sarebbe arrivato tardi in ufficio.

Tutta quella gente mi faceva ancora più paura perché non si avvicinava e ci accerchiava, qualcuno mi diceva di non prendere la pistola dal pugno, poi un commerciante si avvicinò. Lo conoscevo bene, da sempre, mi aveva visto crescere e mi chiamava per nome. Si avvicinò accanto a me e mi mise una mano sulla spalla. Non ebbe paura di sporcarsi del sangue, non ebbe paura di piangere anche lui.

Arrivò finalmente un uomo in divisa, un carabiniere, poi arrivarono tutti gli altri e allontanarono chiunque, con un nastro colorato di rosso circondarono la zona e alla fine mi portarono via e vidi arrivare con il magistrato il medico legale che conoscevo bene. Con lui mio padre andava a fare i sopralluoghi per gli omicidi. A lui toccò il compito di fare questa ultima missione. E mi vide mentre lo guardavo. Rosso in volto, ringhiò l'ordine di coprire il cadavere prima che lo facesse il magistrato, un ragazzo trentenne anch'egli stordito che parlava alla radio con i suoi superiori. Poi venne e mi strinse a lui. Arrivarono tutti, magistrati e poliziotti, il Sindaco e qualche politico a chiedere, informarsi, mostrarsi, li vedevo guardarmi e allontanare lo sguardo alla vista del sangue sulla mia faccia, sui miei vestiti. E, accanto a me, il mio amico commerciante. Era un macellaio ed ero abituato a vederlo dietro il bancone dove sembrava altissimo e invece era un ometto piccolo con un fratello gemello con cui divideva il negozio. Lui era il ragioniere, nel senso che sapeva usare il registratore di cassa, ma entrambi servivano i clienti e avevano i grembiuli sporchi di sangue bovino e adesso il ragioniere aveva addosso il sangue di mio padre e la mano sempre sulla mia spalla. Quella mano la sento ancora addosso quando ho bisogno di coraggio, di forza, di umiltà e di credere in ciò che sto facendo. Con quella mano ci siamo uniti e, anche se non so oggi che fine abbia fatto, è una parte importante della mia vita e mi piacerebbe che lo sapesse.

Non so quanto tempo passò finché vidi mia madre. Era ovviamente anche lei senza fiato e già rifugiata nelle sue preghiere, ma io le rifiutai e le bestemmiai in faccia.

«Quale cazzo di Dio può volere questo?» dissi la mia prima frase da adulto con una voce che non mi apparteneva prima e con il sangue ancora addosso.

Mia madre non rispose ma scoppiarono a piangere lei e le altre donne nell'androne della portineria, diventato un rifugio di dolenti.

Guardai in alto, al cielo di nuovo, come quando ero appena alzato dal letto. Eppure il cielo era bellissimo. Come si può uccidere un uomo sotto un cielo così azzurro?

Mi ricordo che il tempo passò in fretta. Gli spari furono di mattina e d'improvviso era già sera, il corpo era stato trasportato via e il marciapiede affollato ancora di polizia e carabinieri che fotografavano e misuravano. Portavano via alcune auto forate dai proiettili e cercavano per terra reperti di ogni genere.

Non consentirono ad alcuni giovani di lasciare corone di fiori, che furono deposte poco distante.

Quella sera fu l'ultima volta che una donna di famiglia mi vide nudo. Mia zia con una spugna mi tirò via il sangue e le lacrime, la fatica e la paura di non farcela. Il vapore dell'acqua calda mi scaldava e la sua voce mi confortava. E smisi di piangere, mentre mia madre, superfluo dirlo, si chiuse sempre più nelle preghiere e nell'aiutare gli altri, frequentava con più assiduità chiese e preti, comunità di preghiera e altrui debolezze.

2. Giuseppe

Non posso andare a casa sua, mio padre non vuole.

«Gli sbirri non si frequentano. Gente che quando indossa la divisa si sente un leone e nella vita è un uomo di merda che non ha onore e rispetto. Gente che va in ufficio per campare e le mogli li cornificano come meritano. I loro figli che esempio hanno? Giuseppe, non li devi frequentare».

Così mi dice e non vuole sentire ragioni. Mia madre non dice niente. Prima c'era anche mia nonna a comportarsi come lei. Non parlavano e tenevano bassi gli occhi. Mia nonna pregava e mia madre con lei. E davanti al figlio e al marito tenevano gli occhi piantati a terra.

Il mio compagno però non mi sembra uno sbirro. A me fa simpatia. Certo, dice mio padre che le cose che si fanno a casa sono cose che non si raccontano e io non le racconto, se lo facessi mi ammazzerebbe. E come fa sempre a sapere tutto?

A Natale mi ha regalato un rolex d'oro e mi ha detto che posso metterlo solo nelle occasioni che mi dice lui. Che piacere c'é? Tutti che lo vengono a ossequiare e lo rispettano, ma io mi sento ingabbiato. Devo stare attento a quello che faccio se no mi dice che sembro un frocio. Devo fare attenzione a non essere debole e devo essere forte, ma a scuola mi dicono che chi si comporta come me è solo un prepotente. Devo essere pronto a rispondere, però devo andare a messa con lui a sentire che dobbiamo porgere l'altra guancia. A chi la devo porgere? Se lo faccio mi dice che sembro un frocio.

Oggi pomeriggio ho incontrato Gabriele che scendeva dalla macchina di sua madre vicino la scuola, c'era anche Nino e abbiamo fatto strada insieme. Io avevo il pallone Adidas nuovo. Ci hanno fermato in tre ed erano più grandi di noi per fotterci il pallone. Nino le ha prese ma Gabriele le ha date e il pallone non ce lo hanno fottuto. Minchia, è stato bravo e alla fine eravamo spaventati, io dopo mi stavo mettendo a piangere anche se quelli erano scappati. Gabriele a uno lo ha fatto sanguinare con un pugno, per questo sono scappati.

Secondo me ha capito che stavo per piangere, secondo me stava per piangere anche lui. Nino anche se le ha prese invece non ha pianto, anche se aveva dei graffi.

Guardavo nei cartoni della cantina e ho trovato quaderni che usavo come diario. Nel primo brano avrò avuto dodici anni e scrivevo queste cazzate. Non pensavo di averli conservati. Sono stati bravi i carabinieri, nella perquisizione hanno fatto affiorare ricordi che a un certo punto della mia vita avevo sepolto.

Sono tornato oggi a casa, non potrò uscirne ancora per almeno due anni. Meglio che in galera però.

Ho un grande rimpianto e poi rabbia per quei giorni da bambino e per quei pensieri. Di quella amicizia che non c'è mai stata ma voleva esserci. Chissà se lui si ricorda di quando abbiamo fatto a botte per difendere il pallone. Forse no, ma che posso farci non è colpa mia, o anche questo, forse no.

Mio padre ha detto che ero un coglione di cui avere vergogna perché non volevo farmi pagare il pizzo, figurati cosa avrà detto quando mi sono rifiutato di ammazzare il maiale con il coltello. Forse dopo mi avrebbe chiesto di strangolare qualcuno e scioglierlo nell'acido. Forse avrei dovuto farlo.

Provo una vergogna tale che il pensiero del suicidio non mi abbandona mai. E poi penso che resisto ancora per lei. Perché lei non c'entra nulla. Già è abbastanza quello che ha subito. Speravo a un certo punto che lei mi lasciasse. E invece rimarrà ad aspettarmi, luce dei miei occhi.

Chissà se avrò un figlio e se avrò mai il coraggio di raccontarglielo che mio padre, suo nonno, l'uomo di cui lui e io abbiamo il sangue, era un volgare assassino e un ladro. O forse gli dirò che era un eroe e un vero uomo, uno dei pochi con le palle, uno che sapeva vivere e farsi rispettare. Era quello che aveva ordinato di uccidere il padre di un ragazzo con il quale avevo trascorso più tempo che con le mie sorelle. Perché era sbirro, il padre di quel ragazzo di cui avrei voluto essere amico. E quando penso a questo, ripenso alla morte. Voglio buttarmi giù dalla finestra, addormentarmi perché poi al risveglio possa scoprire che è stato un brutto sogno. Vorrei tornare indietro nel tempo, seduto nel banco di scuola, girarmi verso il mio compagno di banco e dirgli che non può essere, che non succederà e di aiutarmi a fermare mio padre perché non uccida il suo. Dirgli che ho avuto un incubo tremendo, che voglio andare a casa sua e che lui venga da noi.

Ho rimpianti di una vita incerta e vissuta male, tra ricordi di ciò che avrei voluto vivere e modelli imposti da seguire. Le donne che ho scopato senza amarle e le mie vergini cominciando da lei, mia moglie, presa in un cantiere perché dovevo farlo e perché dovevo dirlo. Avevo una tale paura che non capii neanche se era vergine, perché io lo ero. Che coglione! Mi domando come abbia potuto sopportarmi. Lei che è bella, forte e servizievole. Lei mi amava. Fino a quella sera, ero il suo eroe e sono diventato il suo mostro, ma i suoi non le avrebbero consentito di lasciarmi. Suo padre aveva troppa paura del mio. Più di me.

Poi mi pento di avere certi pensieri, mi sento un debole, una animella. Uno che non ha le palle. Quando ero piccolo facevo cazzate di cui mi pentivo, facevo regali di nascosto.

Cercavo di imitare mio padre, grandioso nelle sua generosità, lo dimostra con i suoi regali sempre esagerati, ma non riuscivo a essere severo e forte come lui quando decide qualcosa e nessuno può contraddirlo. E me ne rendevo conto già allora. Questa incapacità mi turba tuttora; non mi do pace di non sapermi imporre. Mio padre non invidia nessuno, lui è forte e la gente ha paura anche a invidiarlo. Io invidio lui per primo e ho paura che lo avverta. Voglio essere come lui anche se so di non esserlo e questa mia consapevolezza mi corrode la testa e lo stomaco.

Quando mi trovo ancora oggi a pensare a ciò che mi attirava da bambino, alla gioia che provavo a stare con gli amici e alla paura di non vedermi amato, mi sento ubriaco, mi confondo e penso a quelli che avrei voluto prendere a botte, perché erano più di me. Poi mi fermo, mi blocco su altri ricordi e mi trovo ad abbracciarmi e gioire con loro.

La mia tazza di tè è ormai fredda, la riempio di qualcosa di forte che mi aiuti a calmarmi, perché ho tutti i pensieri al contrario. Cambio umore e mi confondo, non posso avere pensato di volere essere come mio padre, né come nessun altro. Io sono più forte, io sono quello che ha ciò che vuole perché se lo prende. Perché a me non si dice di no.

3. Anna

Alle prime avvisaglie di primavera, l'aria si riempiva con il vocio di tanti bambini che trascorrevano le tiepide ore dei pomeriggi primaverili. Eravamo in tanti a giocare nel cortile tra i palazzi che contenevano le nostre case. E verso ora di cena, ciascuno sentiva pronunciare il proprio nome. Piano, svogliatamente, tutti andavano via, lasciando in sospeso i giochi per il giorno dopo. L'estate invece era tutta un'altra storia, il caldo non consentiva i giochi all'aperto, specie nelle ore centrali del giorno. E la sera, dopo cena, ci si riuniva ancora fino a tarda ora, convenzionalmente fatta coincidere con lo spegnimento automatico delle luci che per tutta la serata illuminavano i giochi del cortile. I lunghi e caldi pomeriggi dovevano trovare la maniera di trascorrere in modo da non soffrire troppo il caldo. Per cui il numeroso gruppo del tardo pomeriggio e della sera si spezzettava nel corso della giornata e si formavano i gruppetti, riuniti in qualche androne a giocare con il monopoli o a chiacchierare delle vicende della sera precedente. Un giorno mia madre dovette andare fuori città, lo faceva spesso ma non sapevo cosa facesse e in fondo non mi interessava. A dieci anni avevo altro a cui pensare. Soprattutto il primo dei pensieri era di andare insieme a Giulia a casa di Francesca. Questa aveva un nuovo gioco da tavolo, tutto al femminile. Una novità strepitosa con cui ci si doveva cimentare nella fabbricazione di modelli di abiti all'ultima moda da ideare e colorare. Le ore passavano senza peso. Anche il rientro dal lavoro per il pranzo della mamma di Francesca non destò alcun dubbio che potesse essere tardi; e ancora si giocava, mentre fuori, proprio sotto il balcone e dentro il cortile, mio padre insieme a quello di Giulia giravano e ci chiamavano ripetutamente. La padrona di casa se ne accorse ben presto e ci avvisò, tranquillizzando i nostri genitori. Il gioco bruscamente interrotto si trasformò in una corsa giù per le scale. Giulia ebbe un sonoro rimprovero e un giorno di punizione, io fui oggetto di un silenzio gelido, di uno sguardo che non prometteva niente di buono.

Fuori dai portoncini, a coda bassa entrambe, eravamo già consapevoli di aver mancato, di non avere avvisato i genitori, di non avere rispettato una regola non discutibile: l'orario di rientro.

Tornando in casa e salendo le scale, ero già consapevole di non essermela cavata. Si capiva dal suo sguardo. Aspettavo il fragoroso rimprovero che nelle scale non arrivò. Arrivati davanti la porta di casa, papà aprì e mi fece cenno di entrare. E la rabbia mi arrivò a tradimento con una impensabile pedata. Un calcio da dietro, violentissimo, che mi sollevò da terra e mi spinse un paio di metri in avanti fino a battere con il mento, lateralmente vicino alle labbra, contro una mensola. Una pedata nel sedere, inaspettata e improvvisa. Da mio padre. Riuscii con fierezza e molto a stento a trattenere le lacrime, e non per l'orgoglio di pensare che non avessi sbagliato, ma per l'umiliazione del gesto. Nei giorni a seguire, il viso rimase segnato e prese tutte le sfumature tipiche del trauma, dal viola al blu, al verde, al giallo. Il punto in cui si manifestava il livido non poteva essere nascosto, ma nascondevo a tutti il modo in cui me lo ero procurato. Nonostante tutto, mi vergognavo per lui e cercavo di difendere l'immagine di papà che mai aveva fatto prima un simile gesto, che mai mi aveva picchiata, perché ogni volta che avrebbe voluto farlo alla fine dava pugni qua e là, tra una porta e un comodino. Mai avevo avuto un livido per un motivo del genere e adesso i lividi erano due. Uno sul volto e il secondo, che aveva solo il colore nero, lo avevo nel cuore. Già allora avrei dovuto capire che non bisognava fidarsi di quel tipo di uomo.

Quella sera mia madre tornò per cena. Lei aveva una luce diversa negli occhi.

Il tempo passava e le stagioni scorrevano banali in quel mondo che cominciava con l'età, a sembrarmi diverso da me. I rapporti tra i miei erano sempre tesi, palesemente tra le mura domestiche, ma come per una sorta di solidarietà, appena varcata la soglia di casa, la tensione tendeva a sminuirsi per non dare troppo nell'occhio e mascherare l'abisso che c'era tra di loro.

Solo io mi rendevo conto di essere fuori posto. Un po' come una persona di altezza media in mezzo a un popolo di gnomi, così io, e sentendomi diversa cercavo di abbassarmi, nel farlo però finii per sottomettermi. L'intento di tutelare la piccineria mentale altrui si rivelò una pessima idea. Quando me ne resi conto, era ormai calcificata la presunzione di poterla sopraffare.

Ho già quasi quarant'anni. È passato del tempo e per fortuna ho avuto le forze per non arrendermi, e prima ancora per non morire, per rendermi conto che a me non serviva stare bassa e che, soprattutto, non volevo starci.

Non importavano le ferite, né le ossa rotte o il cuore in frantumi, tutto si sarebbe prima o poi sistemato e infine mi rialzai sapendo che sarebbe stato per sempre. Avevo tutto ciò di cui necessitavo: avevo me stessa. Ritrovata, più forte che mai.

Eppure era successo. Ero stata coinvolta in una vita come la loro, presa da ormoni e modelli di vita che oggi mi risultano lontani.

Ero entusiasta della vita e come tutte le ragazze della mia età avevo, tra mille inconsapevoli incertezze, la visione di un'esistenza in cui tutto poteva essere. A quell'età ogni emozione si amplifica e si vive di slancio. Mi ero concentrata su quel fantastico ragazzo. Ai miei occhi era l'immenso e l'infinito e avrei fatto qualunque cosa per lui. Concedergli il mio unico e irripetibile tesoro di purezza rappresentava la realizzazione di uno dei tanti sogni, perché sognavo che la prima volta sarebbe stata indimenticabile. E lo fu, purtroppo.

Quel pomeriggio, come altri, venne a prendermi a casa, ma come passò il pomeriggio non fa più parte della mia memoria in quanto l'unico ricordo di quel giorno resta l'amarezza di un sogno infranto e di aver dato me stessa in modo così umiliante a chi non si preoccupò minimamente di altro che non fosse il suo desiderio.

A quel tempo si usciva con la moto. Poco prima di rientrare a casa all'ora stabilita per il *coprifuoco familiare*, lui era solito portarmi sotto un portico che c'era vicino all'isolato di casa tra palazzine in costruzione che garantivano la privacy giusta, quella ritenuta adeguata per due giovani che desiderano appartarsi per scambiarsi baci e promesse. Questo accadeva da quasi un mese e io non badavo al luogo squallido perché guardavo lui negli occhi e vedevo tutto ciò che pensavo potesse bastarmi. E poi, in fondo, non era male per abbracciarsi e baciarsi. E speravo, poco più che bambina, che prima o poi con quel ragazzo avrei coronato il mio romantico sogno. Mai avrei immaginato che lui quel giorno andasse oltre. Così, in quel posto squallido, sotto il portico di un cantiere, lui cominciò a sbavarmi in modo diverso e possessivo, con le mani aprì il bottone dei jeans facendoli scendere fino al ginocchio. Le intenzioni furono chiarissime nonostante l'inesperienza. Avrei voluto fermarlo, se ero pronta di spirito non lo ero certo in quel momento e in quelle condizioni. E non riuscii a fermarlo per la soggezione di apparire inadeguata, perché durante i matrimoni avevo sentito dire al prete che la moglie deve ubbidire al marito. Pensai che avrei dovuto assecondarlo e tra l'imbarazzo, la vergogna e l'ansia di tutto il contesto, mi resi immediatamente conto che non mi sarebbe piaciuto per niente. Non mi sbagliai. Senza nessun riguardo, lui, che immaginavo avvezzo a tali atteggiamenti e sicuramente più esperto, mi fece sua, senza parlare, e io avrei solo voluto essere altrove. Ero pervasa da un ingombrante senso di delusione. Non era così che immaginavo la mia prima volta e, mentre lui grugniva, io avrei voluto piangere. Ma avevo visto nei film quanto gli uomini sono compiaciuti se le donne si perdono nel piacere mentre loro compiono il loro virile gesto, e quindi cercai di avere un'espressione quanto meno rilassata per non farlo restare male, semmai lui si fosse accorto di una mia delusione, preso com'era e concentrato su se stesso.

Ma non era finita la giornata e, oltre alla delusione, si aggiunse l'insulto. Appena finiti i grugniti si rivolse a me e disse, con un tono quasi di rimprovero: «Con chi lo hai già fatto? Pensavo di essere il primo».

Mi sentii morire dentro due volte, sia per il tono accusatorio – con un gesto automatico mi sfiorai tra le gambe e quasi con orgoglio alzai la mano in direzione del lampione per illuminare la prova della mia inesperienza – sia perché capii che il trattamento ricevuto era già stato organizzato così, per la mia prima volta. Non si parlò di altro. Niente baci, niente altre carezze o abbracci; solo un frettoloso rivestirsi, uno sguardo all'orologio e su in moto per il rientro.

Quella sera arrivai a casa sentendomi ovviamente diversa e altrettanto ovviamente non ne feci parola con nessuno. Non mi confidai con la mamma, ma sono sicura che lei avesse capito. Mi preoccupai immediatamente di sfoderare il più falso dei sorrisi e dopo cena mi diedi da fare in lavanderia, togliendo con lacrime e sapone i segni di quella esperienza dai jeans.

Provavo un grande senso di vergogna e, nello stesso tempo, una sottile forma di inappagato rispetto per cui maturai immediatamente l'idea che lui non meritasse la mia piena soddisfazione, così come io non ero stata pienamente rispettata. Questa idea con il tempo e con l'esperienza diventò una filosofia e un modo di vivere la fisicità, per cui mai del tutto mi concessi e trattenni per me sempre qualcosa.

Sbagliavano anche i miei genitori, che al di là del fatto che il ragazzo mi piacesse, in qualche modo lo avevano scelto per me avvicinando con rispetto la sua famiglia, suo padre, uomo potente e rispettato, che si muoveva con l'autista, un signore rozzo e muto amico di famiglia. Tutti andavano a ossequiarlo, quell'uomo potente, e una famiglia qualsiasi, padre operaio e madre casalinga, che aiuta la famiglia assistendo qualche anziana signora nelle ore serali, non può che sentirsi onorata che la propria figlia possa essere oggetto delle attenzioni di un rampollo di così alto lignaggio. Suo padre era stato fuori per tanti anni, dicevano a noi ragazzini, seppi solo dopo che per *fuori* si intendeva un carcere fuori dalla nostra terra. E quando questo uomo, magro, emaciato e lento, tornò, fu accolto con una processione di visite di cortesia e di benvenuto. Tutta questa potenza strideva con il suo aspetto dimesso, eppure riceveva doni e omaggi neanche fosse una processione di Natale al nuovo nato. Forse io fui un dono per la sua famiglia, mio padre da allora lavorò di più e il tenore di vita della nostra famiglia migliorò sensibilmente. Ma mia madre, lei era infelice e lontana con i suoi pensieri. La sua infelicità prima sfogata nelle preghiere, si era spenta e riaccesa con scadenze periodiche, alternando la preghiera all'alcool. Solo tanto tempo dopo avrei capito.

Eppure continuai per un certo tempo a non vedere bene ciò che mi capitava. E toccai il fondo in una ennesima notte di buio profondo dell'anima.

La giornata era stata di quelle pesanti, di quelle in cui sei piena di cose da fare. Lavoro, spesa, fila alle poste, e c'erano ancora i panni da ritirare, quelli stesi all'alba, poi da stirare, la casa disordinata dopo la cena con gli amici della sera precedente. Bella serata ieri, finita molto tardi, tanto tardi che andando a letto sono dispensata dai *doveri coniugali* per mia fortuna, tra l'altro, visto che non ne avevo nessuna voglia, oltre che nessuna forza. Inoltre dopo la cena, come spesso accadeva in quel periodo, avevo avuto delle fortissime coliche, e quando gli ospiti furono andati via, non riuscii nemmeno a sparecchiare tanto era il dolore, la fastidiosissima colite, un dolore che mi attanagliava, e con un ultimo sacrificio mi trascinai verso il lavandino per mandare giù con l'acqua la pillola che non faceva nessun effetto. Quindi, quasi in ginocchio arrivai sul letto, bagnando il cuscino con una lacrima. Ma non era una lacrima di dolore. Sapevo di non poter dire di no alle esigenze di mio marito, altrimenti si sarebbe infuriato. Per fortuna però prevalse il malessere, il dolore lancinante era palese, così fui esonerata dal dover compiere l'ultima *faccenda* di quella giornata. La buonanotte che ricevetti quella sera fu una promessa che suonava come una minaccia: «Domani sera però si recupera! Voglio fottere per tutta la notte!».

Il sonno mi avvolse in un istante. La notte trascorse in un attimo.

Al mattino la sveglia impietosa reclamava il suo tempo e, appena udita, ricordai immediatamente le ultime cose che la sera prima avevo ascoltato.

A ogni modo, la giornata ebbe inizio, quel giorno fu più faticoso del precedente e, tra mille faccende dentro e fuori casa, l'idea fissa era quella di andare a dormire il prima possibile per un bisogno fisiologico e irrinunciabile di recuperare un po' di forze. A ogni compito svolto durante la giornata facevo il resoconto di cosa restasse ancora da fare, come un conto alla rovescia, e nell'elenco delle faccende domestiche da sbrigare era inclusa anche la *prenotazione* che lui aveva preteso. Che tristezza. E come fare? Anche con tutta la buona volontà – che comunque non c'era – non avrei mai potuto farcela. Ero disgustata al solo pensiero. Lo vivevo come un compito, un dovere, non un piacere che nasce spontaneo. E per di più c'era pure la orribile spiegazione di come doveva andare fatto: «Ti voglio porca, e prima ci vediamo un film di quelli giusti». Ma cosa voleva da me? Da qualche tempo mi sottoponeva a questa orribile *esercitazione* con film porno. Eppure ci avevo provato a spiegargli che quelle non erano donne vere, che quello non era altro che profondo squallore. Era stato inutile.

Un altro attacco di colite non sarebbe servito, mi aveva già salvato ieri, non poteva essere accettato anche stasera. Dire no? A che scopo? Per poi finire comunque a litigare e sentirsi insultata come l'ultima delle puttane che non vale nulla neanche a letto, sostituibile e inappagante, donna ignobile che rende insoddisfatto il marito desideroso di lei; che forse non lo desidera perché ha altri uomini! Certo. Pure di questo sarei stata accusata ingiustamente. Come sempre faceva e aveva fatto. Mi avrebbe detto che anche mia madre era una puttana, che solo mio padre non lo sapeva che se la sbattevano tutti e che si vergognava di avermi sposato. Mi domandavo se sarebbe stato meglio finire in una logorante discussione o stringere i denti.

Prima di rispondere la cosa più ovvia, cioè rifiutare tali condizioni, sapevo che accettare la lite avrebbe rimandato solo di qualche ora l'inevitabile, perché, come diceva: in tutto questo c'era solo lui e di certo mi avrebbe *presa* durante la notte, forse svegliandomi, ma anche no, e comunque al massimo al mattino successivo, senza rispetto, senza ritegno e senza che io fossi necessariamente presente. Gli bastava il mio corpo, e infatti solo quello, da quella notte, in quello squallido posto, aveva avuto.

Non c'era molta scelta. Al ritorno dal lavoro lui si diresse immediatamente verso di me per ricordare che avevamo un *accordo*. Mi si avvicinò come per darmi un bacio, ma non lo fece, uscì la lingua roteandola con gli occhi da maniaco e, mentre ero impedita con le mani dentro il lavello e il cuore calpestato dalla mia stessa vigliaccheria che mi impediva di reagire, lui mi strusciò un dito lungo la cucitura dei jeans, in un modo che mi sembrò la cosa più viscida del mondo, pronunciando poi soltanto: «Mi raccomando!».

In quel frangente, tra angoscia e ansia, mi venne in mente una notizia che il tg di qualche giorno prima aveva commentato con orrore. Si parlava della vittima di uno stupro.

C'era ancora sul pavimento qualche busta di spesa da sistemare, e fu guardandone il contenuto che mi venne l'idea. Avevo comprato una bottiglia di scotch e due di vino.

Vuotai il liquore dentro una bottiglia di vetro del tavolino bar ma non lo versai tutto, ne tenni un po' e cominciai a sorseggiarla approfittando del fatto che lui fosse distratto. Non potevo berlo come fosse niente, era forte, allora apparecchiai la tavola e versai una bottiglia di vino in una brocca mentre cominciai a versare l'altra in un bicchiere, che svuotavo e riempivo frequentemente, come fosse un beverone medico da deglutire prima dei pasti. Addio alla colite. L'attacco non arrivò. E lo scopo di perdere lucidità fu raggiunto. Quando fummo a tavola per cenare, feci finta di sbronzarmi esagerando con il vino che avevo comprato, bevendo ed elogiandone il gusto. Lui era compiaciuto. Pregustava di possedermi senza freni per via dell'allegria che il vino può portare. Io ero del tutto sbronza. Altro che allegria. In questo stupido stratagemma di darmi all'alcool, trovai la forza di accontentarlo nelle sue capricciose richieste. Pensai a mia madre, alle sue alcoliche assenze. Non provai assolutamente niente. Eseguivo. Assecondavo. Non amavo. Non godevo. Non c'ero. Non sentivo. E l'unico risultato positivo fu quello di essere talmente assente da rimuovere tutto nello stesso istante in cui tutto accadeva.

Lui ovviamente non si rese conto di essere solo, ma poiché il mio corpo senza guida e senza coscienza gli sembrò più partecipativo, la sera dopo mi invitò a sbronzarmi.

«Bevi un po', mi piaci di più».

Istintivamente e anche risentita risposi: «Quindi ti piace a prescindere che io ci sia. Fallo direttamente con la bottiglia».

Fu il gelo. Il suo sguardo cupo e nervoso, e poi un grugnito di disprezzo verso di me.

Pensai che avesse capito. E pensai male e mille conferme ancora ebbi di questo suo assurdo credere che le cose potessero migliorare, prima di trovare il minimo rispetto per me stessa.

Questa donna sono io, lui è l'uomo che ho sposato, per la gioia dei miei genitori che non sanno cosa sia l'amore, ma che pensavano di salvarmi da una vita difficile e offrirmi sicurezza economica. Lui è l'uomo che fino a ieri mi chiamava *luce dei miei occhi*. Ho sbagliato fin dal primo giorno.

4. Gabriele

Il bambino in sala d'attesa soffriva tanto ed era terrorizzato; vedeva la sua gamba insanguinata e si copriva gli occhi disperato, bagnando le sue piccole mani di lacrime, quelle che gli restavano. Quando sono entrato l'ho capito subito, il bambino aveva una mamma anch'essa bambina, del tutto impreparata all'evento. Quel bastardo del mio collega stava finendo il turno e assistere il bambino lo avrebbe fatto ritardare rispetto all'orario di fine lavoro. Così attendeva me per il cambio e i pazienti invece potevano aspettare come le vacche al macello in attesa, con lo sguardo perso nel vuoto, del colpo in testa che le fa cadere e le offre al coltello del macellaio. La madre non sapeva neanche incoraggiare il figlio. Avrà avuto vent'anni, non di più, e il piccolo non più di sei, ma nonostante tutto – sapevo per esperienza – sarebbe stato più coraggioso di lei. Mi avvicinai subito a loro; nella sala d'attesa non mi sembrava ci fossero casi gravi. Lo spostai sulla barella che il vecchio caposala mi aveva avvicinato vedendomi entrare. Sapevo che il mio arrivo per gli infermieri era un sollievo, perché riuscivamo insieme a risolvere i problemi, lavorando con gioia anche nei momenti difficili.

Lavorare in un Pronto Soccorso non è altro che riparare ai danni degli uomini e sfidare la morte, liberare le persone dalle paure o dalle angosce del dolore. E io sfido il dolore e la morte e mi sento vivo. Se il sonno non mi vincesse, starei qui in eterno. Ho un particolare conto con lei, signora Morte. Quanti te ne ho tolti? Strappati? Come in un tiro alla fune. Per vincere devi farli arrivare già defunti, altrimenti lo sai che io sono più forte. Dammi un solo colpo, una sola possibilità e io ti frego. E mi piace da impazzire vederli aprire gli occhi e guardarsi in giro, ritrovati nel mondo.

Ogni volta che ce la faccio, anche io mi giro e con lo sguardo ti cerco nel volto di qualcuno tra i presenti e credo di averti visto, a volte, sfuggire in uno sguardo. Incazzata contro di me.

Ma sei ancora in debito, e l'errore è stato tuo. Non dovevi farmi morire il papà in quel modo. Ero troppo piccolo e disperato. E adesso faccio il tuo nemico. Mi oppongo a te e alle torture del dolore che ti precedono, in ogni modo.

E per di più è merito tuo se conosco il bene. Credo sia qualcosa che necessita di una esperienza dolorosa per essere vissuto. E tu me l'hai concesso.

Credo che volere bene, amare, sia darsi e basta e vivere le altrui gioie, gli altrui sorrisi e ubriacarsi della felicità che vedi. Trovare soluzioni ai problemi, regalare idee, insegnare le proprie esperienze e non stare lì ad auto celebrarsi, piuttosto andare via lontano a un certo punto e sapere di aver dato felicità. Credo che questo sia il bene e che questo sia l'amore.

Mi spiace in qualche modo dare ragione a mia madre, mi infastidisce sempre la sua smodata passione per la chiesa e la religione. Immagino che la faranno beata. Una volta ho letto un libro, la storia di un uomo ateo la cui madre veniva beatificata. E da quel momento mi sono fissato con questa idea. Questa è una seconda sfida nella mia vita: allontanare la gente dalla religione con ironia. Ho imparato però a non annoiarmi alle cerimonie religiose. Aspetto con ansia i sermoni del prete come se andassi al cabaret.

Ho una mia classifica personale: primo assoluto un pretino pazzo durante un funerale di una vecchia zia. Ha trasformato la cerimonia funebre in un evento comico. Restava sospeso sulle punte a braccia aperte come se dovesse spiccare il volo da un momento all'altro. Faceva le voci: quella di Gesù, dolce, quella dell'apostolo, un po' roca e forte, ma il meglio è stato con la voce della Maddalena. Una voce striminzita e stridula. Un'apoteosi di risate soppresse e camuffate con singhiozzi di tremendo dolore per la perdita della zia appena novantaseienne.

Mi capita anche di reprimere un forte desiderio: quello di andare sul pulpito e schiaffeggiare il prete o il vescovo. È successo durante una cerimonia di cresima cui ho assistito e in cui anche io – lo confesso – mi sono esibito. Ma l'occasione era troppo ghiotta.

Infatti ero convinto che il vescovo, noto personaggio, amante delle apparizioni su palchi non solo religiosi, avesse nella sua testa una idea particolare di se stesso e del suo posto nel mondo e nel regno dei cieli. Credo si sentisse al di sopra di Dio e del Papa, ma i suoi sermoni erano scadenti. Non riuscivo neanche a divertirmi. Non diceva nulla di interessante, anzi era piuttosto insulso. Per la cresima si espresse in questi termini: «Noi possiamo essere Chiesa e lo siamo perché tutti noi siamo posseduti dallo Spirito Santo. Allora partecipiamo con fede a questo sacramento della eucarestia e della confermazione dei ragazzi. In fondo anche noi siamo chiamati per rivivere questo sacramento, per metterci realmente in atteggiamento di ascolto e voi sapete che, per ascoltare, c'è bisogno del massimo silenzio. Perché se parliamo noi, anche con i compagni di banco, allora la parola di Dio non può entrare in noi e Dio non può operare nella nostra vita e dovremo rinunciare ai pascoli ubertosi che ci attendono nel regno dei cieli. Dio opera la sua parola attraverso il vescovo, e dovete pertanto ascoltarmi, perché il regno dei cieli è di chi ascolta...». Finita la farneticante predica, gli venne l'infelice idea di aggiungere: «Se qualcuno qui dentro, in questa chiesa, pensa che abbia detto cose non vere, lo dica, alzi la mano...».

Io alzai la mano e dissi forte: «Io».

Lui fece finta di non sentire e non vedere e iniziò subito con la recita del *Credo*. I fedeli si girarono sgomenti, io ero sereno e pronto a ribattere nello scontro che non ci sarebbe stato, ma mi conoscevano un po' tutti. Fu un sussurrare all'unisono: *il figlio del poliziotto morto ammazzato, il medico del Pronto Soccorso, quello bravo, però è pazzo*. Nessuno intervenne e si continuarono a sentire risate soffocate e chiacchiericci. Evidentemente la parola di Dio non riuscì a entrare perché il silenzio non ci fu più e le porte delle coscienze restarono chiuse.

L'uscita della chiesa fu un assalto di amici in qualche modo ammirati per il mio irresponsabile gesto e di pie donne, truccatissime e pettinatissime per l'occasione mondana, non certo per quella religiosa, un paio delle quali, in modo garbato, mi avrebbero volentieri portato all'altare o più semplicemente su un letto.

Fu in quel momento, in quella chiesa, dopo l'esibizione del vescovo, che la vidi, ed era la seconda volta. Mentre scansavo le due garrule idiote che attentavano al mio onore, la vidi sulla navata opposta della chiesa, con i suoi capelli corti, con un ciuffo centrale che le schizzava in aria, molto post moderno e un poco scomposto. Poi le passai accanto. Occhi come non ne avevo mai visti. E mi sembrò infinita nella sua bellezza imperfetta e nella sua tristezza, che nonostante i sorrisi stretti era evidente. Non era elegantissima come tutte le altre donne, ed era vestita di semplicità e sofferenza. Un livido era mal camuffato sotto un velo di trucco.

La avevo già vista passeggiare per strada con lui, tanto tempo prima. Praticamente era la nuora dell'assassino di mio padre.

L'avevo osservata di sfuggita la prima volta, pensando che quell'uomo con cui una volta ero amico, di una amicizia puerile e sincera fatta di sfide e complicità, che ci aveva perfino fatto fare insieme una rissa per evitare il furto di un pallone, era stato reso un criminale da un padre sbagliato.

In fondo non ce l'avevo mai avuta con lui. Quando arrestarono suo padre, per reati di mafia, a scuola successe un inferno. Io non ci potevo credere. Come avevo difficoltà a credere che anche lui, anni dopo, potesse essere coinvolto in reati simili. Poi lessi le intercettazioni e, in qualche modo, i giudizi di suo padre – «Sta cosa inutile di mio figlio, di più di andare a ritirare i soldi non posso chiedergli. Sua madre me lo ha *amminchiunuto* a tenerlo a scuola dei *parrini*» – me lo riabilitarono.

Quando poi un pentito svelò che il mandante dell'omicidio di mio padre era stato il suo, dovetti seppellire ogni sentimento di pietà e di antica amicizia. Mi rifiutai di parlargli e di avere sue notizie. Mi offesi con chi mi parlava di lui e della sua situazione al confino fuori dalla Sicilia. Ero disinteressato alla sua vita e provavo a dimenticare la baldoria che era capace di provocare con il suo modo di scherzare e la sua allegria in classe. Sapevo che si era sposato con una bella ragazza, lui che aveva un concetto orribilmente grezzo delle donne – notizie acquisite prima della rivelazione del pentito – ma nulla di più.

Che cosa ci facesse lei in giro, mi domandai, temendo di vedere anche lui.

Poi nulla più. Lei uscì e sparì nella folla.

Ma io non smisi più di pensare a lei e al suo sguardo, che mi aveva incontrato un solo attimo.

5. Giuseppe

La famiglia è sacra. Come minchia ci viene in testa alla gente che si può cambiare moglie o marito, come un vestito. E lei mi parlava e mi diceva che era d'accordo con me. Mi abbassava la testa, mi dava ragione quando quella merda di uomo, che manco si può chiamare uomo, ci ha invitati all'inaugurazione del negozio di quella zoccola per la quale aveva lasciato quella povera ragazza di sua moglie; lei era d'accordo quando l'ho mandato via a calci.

Cosa le ho fatto mancare? Cosa c'è di più sacro di un uomo che ti sta accanto e ti rispetta?

Lei, piuttosto, non mi ha dato neanche un figlio. Anche di questo mi devo sentire rimproverato.

Forse ho bisogno di sapere cosa è accaduto nel suo passato, mentre io non ci sono stato, perché non l'ho vista normale. Eppure lei non mi aveva rifiutato prima, le piaceva quando la prendevo, quando le dicevo che mi piaceva prenderla forte.

Io lavoro e io porto il pane in casa, e che male c'è se uno che dà tutto per la famiglia vuole tutto?

E lei ora compra libri che non servono a un cazzo. É diventata colta, ora. Per parlare con lei ci vuole la laurea in *'sta minchia.*

È bella, lo so, e il problema è che adesso ho in testa che lo sa anche lei. E una donna, la mia donna, non può farmi passare per un uomo debole.

Forse ho solo bisogno di essere rassicurato, perché con me era sicuro felice.

Ne ho parlato con il cappellano del carcere che ogni tanto mi viene a trovare, ma questi preti non so mai cosa combinano e cosa pensano. E lui non fa altro che raccogliere le informazioni che io non ho bisogno di dargli.

Mi parla come si parla a uno scemo: «Figliolo, forse ti senti invaso dalla rabbia e dal dolore e non riesci a occuparti di lei» mi ha detto. «Forse avresti voglia di farla pagare a chi le ha fatto del male, se del male le hanno fatto».

Ma di che minchia parla?

«Forse pensi che da te si aspetta un aiuto più importante e per questo ti senti una grande responsabilità, forse la vedi soffrire e vorresti confortarla. Forse ti senti rifiutato da lei e condizionato dalla tua esperienza». E alla fine: «Ti senti probabilmente in crisi, dal momento che tu sei un uomo di sani principi e per questo tuo modo di essere devi comprendere, figliolo mio, che essere il compagno di una donna che ha subito la violenza di vedersi allontanare il marito significa affrontare la rabbia per quanto è accaduto e fare i conti con la sensazione di aver subito una profonda ingiustizia. Immagino che tu possa essere accompagnato da un senso di impotenza nei confronti della sofferenza di tua moglie, che può non sentirsi in grado di parlatene e tende a chiudersi nel proprio dolore o a cercare altre persone meno coinvolte con cui parlarne. Solo la Chiesa può aiutare in questo. La Chiesa, la fede e tanta, tanta preghiera».

Mi fa confondere. Ma che minchia ne capisce di donne, prete inutile, vada a parlare con le donne che non hanno niente da confessare. Il mondo vuole cambiare e lui giustifica, cerca scuse.

Ho le mani tra i capelli, sudo freddo, sono confuso. E seduto alla scrivania ho trovato ancora tra le vecchie carte altri ricordi che non capisco come abbia potuto scrivere:

6 maggio 1980

Gabriele ha tagliato la rete e io facevo il palo. Avevamo stabilito tutto mentre facevamo la passeggiata al monte. Poi ha preso una cesoia piccola nella cassetta degli attrezzi della macchina del prete, che ci aveva fatto scaricare i pacchi. Poi ha liberato la volpe e siamo scappati. Prima ci ha giocato, l'ho vista che gli girava attorno e non se ne andava più. Avevo paura e lui pure, ma la volpe gli girava attorno. Gabriele l'ha cacciata via e lei si é fermata che neanche aveva fatto due metri. Lo ha guardato e si è voltata verso di me e poi è scappata. E noi pure siamo scappati e nessuno ha visto niente.

Il giorno dopo, il padrone dell'albergo era arrabbiato con il professore di Educazione Tecnica, gli diceva che eravamo stati noi, ma il professore diceva che eravamo tutti a dormire e che se qualcuno aveva fatto scappare la volpe aveva fatto bene, che la volpe è un animale selvatico e non si addomestica. E se ha un bosco a disposizione, è lì che deve stare. Si stavano prendendo a botte. Poi di pomeriggio è arrivato papà e il padrone dell'albergo ci ha parlato e poi non ha detto più niente. Poi papà mi ha chiesto, ma io ho detto che non ne sapevo niente e che per me la volpe serve a fare la pelliccia. E lui ha riso come un pazzo e mi ha regalato un coltello che mi aveva portato.

Adesso io ho un coltello e la volpe però è libera nel bosco. È stato bellissimo. Gabriele è il mio migliore amico.

Ieri sera mi sono addormentato per la spossatezza, avevo bevuto troppo, e questa mattina appena aperto gli occhi ho guardato la luce del mondo e mi sono domandato se i miei ragionamenti fossero solo basati su idee ed emozioni altrui che io non capivo. Mi sono vergognato di averlo pensato, di avere ceduto alla debolezza.

6. Anna

Quella sera tornai a casa con una nuova energia. Eppure la lunga chiacchierata con la signora Antonietta mi aveva provato. Ero andata al centro anziani, come facevo da un po' di tempo a quella parte. Avevo scoperto la grande sensibilità di quella anziana donna, taciturna e schiva, che molti consideravano fuori di testa per via dell'età, ma avevo visto altro, e non riuscivo a non accostarmi al suo letto senza restare estasiata dalla passione con cui la donna mi donava i suoi racconti, spesso ripetitivi, ma sempre con tale ardore da renderli interessanti come la prima volta. Da quando lui era tornato a casa, passare il pomeriggio in quel luogo mi aiutava a sentirmi utile e serena.

Quel pomeriggio la piccola Antonietta, donnina minuta, accasciata sul letto da un fianco come sempre, con gli occhi piccini, la voce flebile, il sorriso incavato sulle vuote gengive, non raccontò della sua bella mamma prosperosa e avvenente, morta giovanissima, né si soffermò sul suo amore per i fiori di campo umili e straordinari, non ripeté i primi capoversi della poesia tanto amata *A Silvia*, e non accennò nemmeno al suo desiderio di tornare a casa tra le sue cose; mi raccontò il suo animo, la sua vita nel senso più profondo di ciò che può essere vita. Antonietta, nonostante i suoi malanni e la sua condizione al volgere delle forze, era una signora distinta, parlava correttamente l'italiano e sembrava molto istruita, anche se strada facendo avevo scoperto che si trattava di un'autodidatta con la passione per la poesia e che quella signora con appena la quinta elementare aveva formato il suo ricco bagaglio culturale studiando per puro piacere. E la sua più grande passione, Giacomo Leopardi, era sempre lì, come un parente, uno zio affezionato, non poteva fare a meno di parlarne e in qualsiasi argomento cercava di trovare uno spunto o un collegamento e ci riusciva sempre, Antonietta. Il discorso di quel pomeriggio si concentrò su un racconto della sua vita, suo marito, che la sposò quando lei aveva circa ventisette anni. Avevo immaginato la vita di Antonietta agiata e piena di soddisfazioni; forse influenzata da ciò che mi avevano trasmesso i nipoti, che giornalmente andavano a trovarla. E in fondo era plausibile che avesse avuto una vita serena, a vedere il viso quieto e rilassato e il suo elegante parlare accompagnato da morbide movenze delle mani e le rughe dolci che ormai da tempo le contornavano la bocca, con voce calma ed espressioni composte. Non immaginavo che in realtà quella donna stava per rivelarmi, con la più infinita delle rassegnazione, il dramma di tutta una vita. Antonietta cominciò a parlare della propria fanciullezza nella quale già manifestava l'amore per l'arte letteraria. Poi, con infinita umiltà, cominciò a raccontare della vita agiata in cui trascorse i suoi anni di matrimonio e tutta la sua esistenza, con un uomo che era un blasonato e ricco ereditiero. E parlava di quest'uomo con profondo rispetto, questo marito affettuoso che la trattava con gentilezza, non le faceva mancare nulla e la ricopriva di regali e attenzioni. Spiegava con dovizia di particolari il mondo in cui agiatamente viveva, dentro una casa che era un palazzo e riverita da personale domestico. Il marito le mise a disposizione la possibilità di soddisfare qualunque suo capriccio. E considerati i tempi in cui lei era giovane, tutto era un lusso, compresa la manicure e tutte le pregiate concessioni che poteva permettersi. Ma Antonietta era molto umile d'animo, e buona, e si sentiva da tutti i suoi racconti. Amava le cose semplici, genuine. Avendone la possibilità, si dedicò alla pittura con la quale riusciva a realizzarsi. Non aveva impegni di lavoro, né obblighi domestici, non ebbe figli, e questo lo ripeteva spesso con grande rammarico. Tornava poi a ribadire come il marito la rispettasse e quanto si impegnasse a renderla felice. Ma più parlava e più mi rendevo conto che felice non lo era mai stata. Continuava con la storia del rispetto, poi introdusse qualche termine tipo *doveri di una moglie per un uomo di tale esponenza* e *per il buon nome sociale*, infine disse una frase che mi incisi nella memoria: raccontava l'anziana donna che un giorno il marito si rivolse a lei dicendole: «Resta sempre trasparente come il cristallo, basta un alito perché si appanni!».

E io non avevo ben capito, il tono con cui fu detta quella frase sembrava velato di soggezione e sottomissione, cominciava a delinearsi sempre più un quadro idilliaco dove però mancava qualcosa di fondamentale.

Senza neanche riflettere e con un filo di voce, tra timidezza e timore di essere invadente, formulai ad Antonietta la più diretta delle domande, senza giri di parole né preamboli: «Signora, ma lei amava suo marito?».

Appena pronunciai questa frase, avrei voluto ingoiarla di nuovo indietro, ma subito mi resi conto che quella domanda ci stava tutta e che Antonietta fu lieta di sentirla perché – alla venerabile età di tanti anni che non seppi mai quanti, novanta forse – Antonietta riuscì finalmente a svuotare i sacchi della sua zavorra. Gli occhi piccini si bagnarono di lucido e la voce tremolante prese un tono risoluto: «Vedi cara, l'amore è una cosa importante. Tutti dovrebbero vivere con la persona che amano; è un diritto di ciascuno, altrimenti saremmo animali senza il sentimento, che è la cosa più importante della nostra vita. Cammina sempre con il cuore pieno di amore e vivilo in ogni giorno della tua vita, salvalo, stringilo, custodiscilo. Non c'è gioia più grande, assieme alla vera amicizia conforto di tutti noi, che vivere il nostro cammino con chi scegliamo noi. Mio marito fu un uomo straordinario. Penso che mi amò. Di certo mi rispettava e lo ha fatto fin dal primo giorno in cui mi fu presentato come sposo. Da quel giorno non passò molto alla celebrazione delle nozze, col tempo lo apprezzai, lo conobbi, mi resi conto del suo valore umano, lo stimai».

Tra una parola e l'altra, Antonietta si fermava spesso a battere le labbra come per riprendere umidità e ricominciava a parlare. Ma a quel punto la pausa fu lunga, il viso rugoso si concentrò di solchi sulla fronte, una lacrima raggiunse il cuscino, le mani si fermarono aperte e rivolte verso l'alto in segno di rassegnazione, e io avevo il cuore in frantumi perché vedevo il volto della sofferenza materializzato davanti a me. Antonietta riprese il racconto: «Bisogna camminare in due, mano nella mano sempre, e con lo stesso passo. Io avevo ventisette anni, ero giovane e la mia benestante famiglia doveva garantire che potessimo tutti vivere serenamente, mio marito era nobile, farmacista e facoltoso. Era più maturo di me, aveva sessantasei anni».

Il racconto finì, la sua bocca continuava ad aprirsi e chiudersi in gesti involontari, si umettava le labbra, fece un sospiro di sollievo e chiuse gli occhi. Quando li riaprì, dopo qualche istante, aveva un nuovo vigore come se avesse liberato il suo piccolo e stanco corpicino da un peso che in realtà gravava più sull'animo. Chiese dell'acqua. Poi sorrise e, prendendo la mia mano, trovò la forza per stringerla forte e ultimò con altre parole che mi inondarono di pianto il viso. Nonostante gli sforzi per trattenerle, le lacrime scendevano, scendevano, sole, incontrollabili e potenti.

«Cara» apostrofò la vecchia donna con l'affetto di una nonna. «Di vita ce n'è una sola. Sappiamo il giorno in cui siamo nati, ma nessuno può sapere quando lasceremo questo mondo; nel frattempo vivi, potrebbe finire presto come accadde alla mia mamma e allora avrai vissuto appieno, ma potrebbe finire tardi come per me che ho avuto una vita lunga, e allora pensaci in tempo».

Adesso sapevo perché mancavano figli in quel matrimonio, sapevo che mancava l'amore in quel rapporto, in qualche modo considerando la mitezza di Antonietta, capii pure l'esistenza di tanto rispetto nei confronti di quell'uomo sconosciuto e divenuto marito che poteva essere più che suo padre, ma ciò che capii soprattutto fu l'amarezza del rimpianto e la consapevolezza che non doveva vergognarsi delle sue scelte, perché la vita era sua e di nessun altro. Era tempo di uscire dai compromessi, e questo lo avevo già fatto; ora dovevo scrollarmi semplicemente di dosso ogni pregiudizio, ogni paura, tutta l'incertezza. Non c'erano dubbi: volevo essere felice e non trovarmi a rimpiangere giorni di felicità non vissuta.

Adesso mi sentivo felice, anche perché avevo scoperto cosa fare. Non volevo fare la fine di mia madre, che soffocava la sua rabbia tra amori fugaci e clandestini, sempre deludenti e alcool per anestetizzare i dolori della mente. Avevo scelto di vivere. Andai a casa e raccolsi le mie poche cose in un paio di valigie.

Dopo un'ora lo avevo lasciato e mi ero ripresa la vita.

7. Gabriele

Carta forbice e pietra! Le nostre mani si aprirono per l'ennesima volta: la mia con le due dita tese e la sua con il pugno chiuso. La rarissima figurina con Giancarlo Alessandrelli restò sua e le mie ultime cinque figurine passarono nel suo mazzetto. Quella del secondo portiere della Juventus, che nessuno aveva mai visto giocare, il vice del mitico Dino Zoff, era introvabile e lui invece aveva il doppione. Lui aveva tutto e pure fortuna. E aveva vinto i miei cinque doppioni che valevano tanto, ma tutti insieme erano sempre meno importanti di Alessandrelli.

Avevo finito le figurine; giocandosi Alessandrelli, aveva vinto tutto. Solo quella figurina a me era costata tutto il prezioso mazzetto. Quasi mi veniva da piangere, ma non potevo mostrare questa debolezza. Aveva vinto lui, che aveva tutto. Vestiti alla moda e orologio al quarzo nero, Casio, con i numeri che apparivano alla pressione di un bottone laterale, un orologio che tutti ammiravamo e desideravamo, regalo di prima comunione. Ma era stato solo più fortunato nel gioco.

Il mio compagno, vincitore, andò via subito, quasi fuggendo con il suo prezioso bottino, e lo trovammo già in classe. La lezione riprese, tra la noia e le battute indisciplinate e divertenti di Giuseppe.

Oggi pensavo a lui e a me, quando una ragazzina in ospedale, mentre le ricucivo un taglio alla gamba, si distraeva parlandomi e raccontandomi il suo stato d'animo come se ci fossimo conosciuti da sempre, come se fossi stato suo padre o suo fratello maggiore.

Mi raccontava di come si sentiva fino a una certa età. Era come un passeggero distratto in un treno. Guardava appena il mondo che le scorreva accanto inconsapevole di potere lasciare un suo segno. E poi improvvisamente e senza saper perché, era piombata nel mondo, era diventata una persona. C'era anche lei.

E io ero così, per me era stato così, mi rivedevo in lei, fino a quel maledetto giorno.

Della mia vita da passeggero distratto, ricordo solo alcune fermate e ricordo che quel giorno, quando tornai a casa, apprestandomi a fare i compiti aprii il diario e ci trovai dentro la figurina di Giancarlo Alessandrelli, secondo portiere della Juventus, vice di Zoff, che nessuno aveva mai visto giocare e che in pochi avevano visto rappresentato nella rarissima figurina. Un regalo di Giuseppe, che ancora ricordo. Non ricordo se lo ringraziai, se glielo dissi mai, ma il gesto mi riempì il cuore. Avrei voluto abbracciarlo.

Forse per legge del contrappasso, dopo una prima adolescenza troppo innocente e spensierata, si arriva a essere attenti a cogliere ogni azione, ogni movimento, maestri di empatia. Tutt'altro che distratti.

È vero, a volte ci sentiamo sospesi e forse insoddisfatti, ma in realtà viviamo intensamente, come fossero più vite in una.

Quanti ricordi mi travolgono riaffiorando davanti agli occhi ogni volta che lavoro sulle ferite delle persone, perfino sulle nocche sbucciate del ragazzo caduto con la moto che merita solo di essere disinfettato e confortato, ché suo padre non lo rimprovererà ma forse lo abbraccerà vedendolo sano e salvo.

Le mie nocche erano sanguinanti e sporche quando fuggimmo con Giuseppe, dopo avere fatto tornare libera la volpe. Quella sera eravamo terrorizzati ma dovevamo fare i grandi o provare a esserlo. L'idea fu mia: tagliare la rete della gabbia e fare uscire quel povero animale chiuso da chissà quanto tempo, ma subito dopo averla proposta me ne pentii, perché Giuseppe mi disse che era d'accordo e io non potei tirarmi più indietro. Era chiaro che mi sfidava a commettere qualcosa di difficile e di *illecito*. Se lo avesse saputo mio padre, mi avrebbe detto che ero un *delinquente*, poi mi avrebbe messo il braccio sulla spalla, avrebbe iniziato a camminare e mi avrebbe detto: «Però! 'Sta cosa mi piace. Quel povero animale deve stare libero, così come è nato. Però stai attento, non farti fregare». Sono convinto che mi avrebbe seguito per proteggermi. Forse mi piace pensarlo.

Quanto mi mancava in quei giorni. Erano passati pochi mesi da quando mi ero sporcato del suo sangue e mi mancava terribilmente. E io giocavo e mi sfidavo in competizioni adolescenziali con il figlio del suo assassino, ognuno di noi ignaro del recente passato e del destino che ci aspettava e che ci avrebbe diviso dopo che cercavamo di restare uniti e, inspiegabilmente per entrambi, non ci riuscivamo.

A quella età sei preparato a cadere e subito a rialzarti e preparavamo la nostra vita alle gare, alle corse della vita che oggi affrontiamo e pensavamo che saremmo sempre stati fieri di noi e delle nostre piccole fatiche. Per noi ragazzini non esistevano passioni se non quella per se stessi e quella di provare a raggiungere senza influenze estranee al proprio corpo nuovi traguardi, anche se con fatica.

E così quella sera liberammo la volpe chiusa in gabbia da troppo tempo, rischiando di essere visti dai padroni del piccolo albergo che attiravano la clientela con questi bei trofei viventi. Ci volle tempo per tagliare la base della gabbia, fingevo di guardare la volpe nascosta tra i tronchi e tiravo fuori dalla manica la pinza, che molto lentamente mi permise di prepararmi alla fase finale. E intanto la volpe rimaneva nascosta, ancora terrorizzata dai visitatori che durante il giorno, con cannucce, bastoncini e oggetti di ogni genere cercavano di farla uscire dal suo nascondiglio. Ma a quell'ora non c'era più nessuno e, una volta tagliata la gabbia, alzai la rete con tutte le mie forze e la volpe improvvisamente uscì dal suo nascondiglio e mi si piazzò davanti quasi come se avesse capito le mie intenzioni e come se mi stesse già aspettando. Provò a passare nel varco che avevo ricavato, ma non poteva farcela perché era stretto. E io ero improvvisamente deluso, ma la rabbia prevalse e mi misi a scavare con le unghie al di fuori di quella prigione, per abbassare il piano di terra e allargare il varco e la volpe con le sue piccole zampe si mise a scavare dentro, di fronte a me, e sentivo già brividi di emozione.

Le mie mani sanguinavano già e finalmente tirai più forte la rete. La volpe si fermò, poi fece un passò indietro alzando lo sguardo e ci guardammo negli occhi, come se mi dicesse: «Io ora passerò, tu non tradirmi, non mollare la rete». Passò strisciando la pelliccia sulle mie dita sanguinanti che tiravano la rete e, quando fu fuori, si fermò di nuovo e ci guardammo ancora negli occhi io e lei, e io piansi dalla gioia. Era come una favola, guardai Giuseppe fermo a fare il *palo* in quella che doveva essere una semplice bravata e mi accorsi che anche a lui le lacrime bagnavano il volto. Mi misi a correre e gli andai incontro. Scappavamo via da quel piccolo parco, ridendo, piangendo e restando accanto, spalla con spalla e intrecciando le nostre braccia, strattonandoci affettuosamente afferrando con i pugni le maniche delle nostre camicie e continuando a correre in modo scomposto. Io pensavo a papà e volevo che fosse fiero di me. Poi ci andammo a nascondere nella nostra piccola e spoglia stanza d'albergo, ma non riuscivamo a dormire e ci unimmo ai compagni che facevano baldoria. Nessuno dei due ne parlò con gli altri, era il nostro patto.

E fu la nostra salvezza, perché la mattina successiva le accuse del proprietario non ci sfiorarono. Poi arrivò il padre di Giuseppe e ogni discussione finì.

Lo sentii parlare con suo padre, parlava della volpe, della sua pelliccia e di fucili da caccia. Mi guardò e distolse lo sguardo, mentre io ero felice di pensare a quel piccolo animale libero nel bosco. Aveva recuperato la sua identità, da attrazione ludica per turisti arrivati dalla città senza nessuna coscienza ambientalista, pronti ad affogarsi di cibo di scarsa qualità e altrettanto affamati osservatori di una natura costretta in gabbia, ed era tornata a vivere secondo quelle che erano le sue necessità e soprattutto le sue capacità.

Lo vedevo camminare con suo padre. Era chiaramente attento ad annuire e sembrava preoccupato di potere suscitare una reazione in quell'uomo un po' rude. Di quel giorno, ricordo che ebbi la sensazione che anche lui fosse costretto in una gabbia dalla quale esci se qualcuno ti aiuta o se il padrone ti mette il collare e il guinzaglio e ti porta in giro con sé.

Penso a Giuseppe, a quel Giuseppe, anche perché oggi vedrò Anna.

È successo di incontrarla, ma non so se fidarmi, quasi non mi sembra vero.

Ero a casa di un amico, lei era lì per parlare con la moglie per un lavoro. Le ho fatto una battuta, lei ha risposto impetuosa. Poi è venuta in Pronto Soccorso, l'ho vista alla fine del turno. Mi aspettava, non so da quanto tempo, e anche io non ero sorpreso.

Non ci siamo parlati, quantomeno non molto. Ma era come se lo stessimo facendo. Aveva bisogno di me e io avevo desiderio di lei.

Abbiamo parlato tanto e bevuto poco, prima di tornare a casa mia, poi abbiamo fatto l'amore ed era come se lo avessimo già fatto.

Lei ha pensato la stessa cosa e lo ha detto timidamente, sottomessa. Le ho risposto che forse era stato in una vita precedente. Ha iniziato a piangere.

«Io ti conosco» mi ha detto. «Ma non come immagini tu».

Non abbiamo aggiunto altro.

Domani la rivedrò.

Si è presentata a casa mia sorprendendomi. Sempre più bella, semplice e infinita.

Ma la sorpresa è stata pessima. Ha portato nella sua borsa una specie di unguento lubrificante per il sesso.

L'ho preso, l'ho guardato e l'ho buttato nell'immondizia. E lì è cambiato tutto.

«Non hai bisogno di questo, Anna» e l'ho abbracciata stretta.

Le ho parlato ancora per non so quanto tempo. Lei mi ascoltava. Aveva una vita da ricostruire, l'idea di se stessa da recuperare. Aveva bisogno di entrare nel mondo e, lasciando il marito, aveva appena aperto la porta per accedere. Dovevo sostenerla, tenerla per mano, per farle fare il primo gradino e poi il secondo e i successivi, e poi basta. Le avrei lasciato lievemente la mano, le avrei aperto la porticina della gabbia o le avrei anche tagliato la rete con la cesoia per farla andare via. Sapevo già di non potere restare.

Il giorno seguente trovai in portineria una busta con alcuni quaderni. Tutto scritto a mano con una grafia serrata e molto femminile. Piena di abbreviazioni con *x* al posto del *per* e *qls* al posto di *qualcosa*. Usava terminologia da sms, ma quello che era scritto lì dentro passava dal bianco al nero, e usava ogni colore descrivendo le sfumature della vita.

Odiava la sua vita e il suo ex marito, era diversa da lui, umanamente grezzo e cieco. Eppure gli riconosceva un fondo di bontà, era un uomo con uno spaventoso conflitto interiore, capace di picchiarla negli ultimi tempi, perché aveva avvertito la sua diversità.

Come le donne maltrattate dai propri compagni, inizialmente tendeva a giustificarlo, poi sempre di meno.

Le risposi solo di scrivermi ancora. La pregai di farlo. E iniziò il nostro percorso epistolare parallelo ai nostri incontri.

Gabriele, nell'elenco delle verità di cui devo ancora parlarti ce n'è una che non ti ho ancora detto: ti ho sempre osservato. Questa circostanza mi rende di fronte a te in enorme disagio perché, anche se è il caso ad averci fatto incontrare, è la stessa vita che ci ha diviso e che, pur facendoci vedere, si è posta tra noi in modo irrisolvibile fino a ora. Come due persone che si osservano da finestre in palazzi di fronte. Se uno dei due non attraversa la strada e raggiunge l'altro, non si incontreranno mai.

Amerei la tua vita ancora di più se non ne fossi direttamente e brutalmente coinvolta e sarei felice se potessi raccontarti del mio, quello che avrei sognato fare, se la ruota della vita avesse camminato per la strada che stavo percorrendo prima che venisse interrotta.

Ma non si può avere tutto e ci si adegua all'inverso, partendo dal niente, con il solo bagaglio di conoscenza e tanta volontà di farcela.

So, per fortuna, che il dolore di una vita sprecata si avvia al termine, che mi lascerà gioie e amarezze, ma non sarà difficile alla fine trarre un bilancio tra quello che mi avrà dato e quello che mi avrà tolto la scelta di uscire dalla fossa in cui mi trovavo.

Intanto riacquisto serenità, giorno dopo giorno, e mi avvicino alla bellezza della vita. Ci sono tanti modi per lasciare il segno, lo hai detto tu e ti ho ascoltato. Io oggi ho l'ambizione o la non ambizione, a seconda dei punti di vista, di farlo a partire dalle cose più semplici, da quelle che quando ce le hai non sembrano avere importanza.

I segni che mi restano, e che spero di poter lasciare, sono negli occhi che non conoscevo prima e che incrociando i miei mi dicono di non mollare, sono nelle tue mani, prima quasi sconosciute e sempre desiderate, che mi stringono e mi comunicano tutta la loro vita.

Di cattiveria ne ho assaggiata tanta e di delusioni anche e ne continuo a soffrire. Ho perso per strada l'affetto per me stessa e ho smesso di essere io, al di sopra del dare e avere. Perché è facile volere bene quando tutto va per il verso giusto. Ma tu mi hai detto che il bene vero, quello che pochi sanno dare, è incondizionato, non chiede nulla e perdona.

Mi vedo tutto scorrere dinanzi, il passato e il presente, e provo a volte angoscia per un futuro che non riesco a immaginare.

Mi mancano punti di riferimento in un momento in cui sono io a doverlo essere, almeno per chi ho il dovere di esserlo.

E mi chiedo perché è a te che rivolgo il mio sfogo, a te cui non dovrei rivolgermi per quello che ti hanno fatto. Dopo aver imparato a vestirmi di nuovo e a non tirare giù la maschera, nella convinzione che non si potesse scorgere oltre l'apparenza.

Mi chiedo perché adesso, perché proprio adesso, ne senta il bisogno.

Ho paura di non riuscirne a fare a meno e di avere difficoltà a ritornare com'ero.

Ho paura di perderti, di svegliarmi e non trovarti più.

Anna, sono orgoglioso di te. A volte non condivido ciò che scrivi e soffro a pensare alla capacità che hai avuto di incassare i colpi della vita, ma sono orgoglioso di te.

Sono orgoglioso di te come persona, perché sai dare ciò che nessuno è in grado di dare, sei intelligente, saggia, profonda, affascinante. Sei "infinita", come ho pensato appena ti ho incontrato, un contenitore trasparente delle virtù più utili al mondo e le sai usare tutte.

Io non butterò mai i tuoi scritti e li conservo in due modi. Il primo mettendoli in ordine cronologico, così per come me li hai mandati, il secondo conservandoli insieme alle mie lettere, con un filo logico ancor più evidente, così che un giorno possa fartele rileggere, o ancor meglio per rileggerle insieme.

Gabriele, non può esserci paura tra noi per i nostri rapporti che sono indissolubili qualsiasi cosa accada, tra gioie e amarezze. Questa convinzione a me consente forza e sicurezza (come dici tu), ma nulla saprà mai darmi la saggezza di poter scrivere e pensare frasi come quelle che hai scritto tu ("ma il bene vero, quello che pochi sanno dare, è incondizionato, non chiede nulla, e perdona") perché ci vuole una forza che io non ho, una capacità di restare eretti davanti alle intemperie che non avrò mai.

Anna, tu sei speciale, fattene una ragione. Sii orgogliosa di questo quanto lo sono io. Sei qui con me per questo, fai quello che stai facendo perché era sicuramente scritto nel destino che dovessi farlo. Sei una forza del pensiero e della passione.

Vorrei essere religioso per crederci ancora con più forza, ma ho questo limite che non mi ferma però nella convinzione che tu sia un essere diverso, che tu non sia la foglia piuttosto che tu sia la quercia. E io ti abbraccio purtroppo con le mie braccia che non riescono ad avvolgerti del tutto per farti sentire quanto possa volerti bene.

8. Giuseppe

Puttana, maledetta puttana, se n'è andata.

Troia, ha qualcun altro e io che ho fatto pure la galera per lei. Che se la mangino i cani.

I sacrifici che ho fatto. La voglio vedere morta, rovinata. Che cazzo devo fare in questa situazione? Non posso stare qui ai domiciliari e lei è andata via, mentre avevo bisogno. Che cosa le ho fatto mancare? Puttana. E la chiamavo pure *luce dei miei occhi*.

La verità è che mio padre ha ragione. Non me la dovevo prendere, questa troia. Mi dovevo divertire e basta. Mi faccio schifo a pensare di avere avuto pensieri da frocio: *Meglio se mi lascia, meglio che se ne vada da casa.* Chi se la scopa a questa vacca? A quaranta anni passati devo capire certe cose!

Anche mia madre, quella santa donna, mi dava qualche timido avvertimento con la sua filosofia elementare: «Il maschio non ha niente da perdere». Forse voleva dirmi di non sposarla, del resto i suoi erano troppo ossequiosi e viscidi. Suo padre dava ancora del Lei a mio padre, che invece lo chiamava per nome e lo trattava come si tratta un cameriere.

Mi guardo allo specchio, sono diverso, la mia barba non la taglio da giorni, e le mie palpebre sono gonfie. Ho un pessimo aspetto. Il dolore alla schiena mi affligge e una fitta circolare e continua alla testa non mi abbandona.

Butto giù qualcosa per lenire il dolore e so già che mi provocherà altre pene allo stomaco.

Ho bisogno di conforto, di dormire e poi svegliarmi abbandonando questo incubo che mi tormenta. Non riesco a non pensare a lei e al male che mi ha fatto. Penso alla figura che ho fatto, io umiliato. Io, che per me la famiglia è sacra. Che cosa le è successo? Continuo a guardarmi allo specchio e mi vergogno delle lacrime che mi bagnano la faccia.

È sera, ormai la birra nella mia mano è calda mentre fisso il pavimento. La televisione ronza programmi che non capisco. Persone che raccontano i cazzi propri a tutti e non sai se è vero o inventano. Io resto fermo e immagino che possa aprirsi la porta e lei mi corra incontro e mi abbracci. Poi di sera, quando vado a letto, penso sempre che c'è lei, con quel corpo che non ne ho visti uguali e penso a cosa le farei. Penso ai suoi gemiti e che almeno una volta mi dica che le piace quando la prendo così. Sì, ce l'ho davanti come una attrice porno, ma solo per me. Una che fa tutto quello che le dico, solo con me. E poi, quasi subito tutto finisce con un brivido. Apro gli occhi e non c'è niente di vero. Bevo l'ultimo sorso di birra calda, davanti a me la televisione continua a trasmettere *cazzi degli altri* e io devo andarmi a lavare.

«La forza ci caca in testa, alla ragione» urlava l'avvocato agli astanti, nel suo studio. «Lo devi capire! Prima parliamo delle cose serie, poi della separazione. Perché queste sono minchiate» rivolto a me. «Tuo padre lo devi rispettare. Hai avuto un esempio di uomo vero e come minchia non lo capisci?».

L'uomo più cinico che avessi mai visto. Mi faceva davvero paura, più di quanta me ne facesse mio padre. Anziano e rosso in viso, camminava avanti e indietro nella stanza del suo studio arredato con vecchi mobili anni '40, restaurati in modo orribile, lucidi, neri e con sportelli a vetro lavorato.

Per difendermi cadevo in una specie di trance, in un oblio. Mi prendeva sempre quando mi parlavano in questo modo, mi parlavano e io navigavo dentro il mio cervello, assente, tutto chiuso e rivolto dalle vene verso gli occhi che in quell'istante non vedevano fuori. E continuava a parlare, mai esausto e io scrivevo nella mia mente quello che non sapevo dire. Pensavo a lei e sapevo di averla trattata male, come un animale; forte davanti alla sua debolezza. E la mia serenità, il senso di colpa però si trasforma subito in una rabbia angosciante. Voglio ammazzarla. Ammazzare quello con cui si vede, perché se mi chiede la separazione, sicuro sta con qualcuno.

La voce roca e forte dell'avvocato mi feriva mentre disperato non sapevo cosa fare, orribili sensazioni di spazio infinito e buio.

Mi alzai gridando e interrompendo il suo passeggiare nella stanza.

«Con chi si vede?».

«Ma che cazzo dici?».

«Con chi si vede quella troia?».

«Ma va scassaci la minchia! Io ti parlo di cose serie e tu pensi alle femmine».

Gli altri uomini erano muti, guardavano in silenzio questa mia scena patetica.

«Lo sai dove va. Dimmelo. Dimmi chi è».

«Vattene da qui. Frocio di merda, manco sei buono a tenerti una femmina. E ancora io parlo con te. Lo vuoi sapere? Il dottore, il figlio del poliziotto, il tuo caro compagnetto di quando eri *picciriddo*. E adesso fai una cosa: levati dai coglioni, va', sparati».

Tutti erano in silenzio e mi continuavano a guardare. Uscii fuori sbattendo la porta e inciampando nel tappeto. Gino mi aveva accompagnato e gli dissi di andare. Non si mosse. Gli strappai la chiave dell'auto e chiusi la porta dello studio.

Sapevo che in quel bagno tanti anni prima ci nascondevano sempre qualcosa, come nei film. La seconda mattonella dall'alto era un cassetto nel muro e si estraeva con la lama di un coltellino. Entrai ed era tutto come tanti anni prima. Chiesi una grappa, poi una seconda e andai in bagno. Era anche quello uguale. Le mattonelle bianche e vecchie arrivavano quasi al tetto. Misi i piedi sul water e cercai tra quelle della seconda fila, picchiando con il manico del coltello. La sentii quasi subito, poi infilai la lama e tirai fuori il cassetto.

Mi accorsi che era pesante e che avevo trovato ciò che mi serviva.

Epilogo

Gabriele

Carta, forbice e pietra! Le mani dei due ragazzini si distesero, una a pugno chiuso e l'altra tutta aperta. La seconda era carta e avvolgeva la pietra.

Le figurine dei calciatori passarono di mano.

Accanto, due bambine facevano lo stesso gioco, anch'esse con le figurine dei calciatori.

Gabriele aveva difficoltà nel rapporto con l'altro sesso – se ne vergognava – eppure quella bambina alta, bionda e con gli occhi azzurri e più grande di lui, che non aveva mai visto prima, gli piaceva immensamente.

Lei era molto cordiale e spigliata, lo guardò sorridendo e gli chiese se avesse voluto giocare con lui.

Guardò in giro cercando di vedere sua madre. E non la vide, era ancora in chiesa a pregare. Tutti i bambini aspettavano le mamme intente a lodare Dio, attratte dalla presenza di Padre Matteo, considerato un Santo, e i bambini aspettavano nell'atrio parrocchiale giocando e raccontandosi storie, iniziando a confrontarsi con un mondo esterno a quello scolastico.

Rispose di sì, imbarazzato. Lei era umile, lo si capiva da come era vestita, e da qualche parola detta in dialetto alla sua sorellina che le stava incollata.

Decisero di giocare un paio di doppioni l'uno. Lui si accorse che lei non ne capiva nulla, giocava solo per il gusto di giocare e non per le figurine. Aveva accettato che tra le due di Gabriele ci fosse Battista Festa, giocatore del Cesena, la figurina più banale e frequente che si potesse immaginare.

Ma Gabriele giocava perché lei glielo aveva chiesto e perché era bella, perché ne sentiva l'odore e il calore del corpo.

Aspettò una frazione di secondo dopo la parola *pietra*, vide che lei stava per buttare giù la mano a forbice, distendendo indice e medio. Buttò il pugno chiuso. La forbice veniva rotta dalla pietra e lui si impossessò delle figurine con uno sguardo feroce della ragazzina. Si accorse che la sorellina chiudeva gli occhi sentendo la rabbia della sorella maggiore e vide che la piccola era praticamente uguale alla grande, forse più bella.

«Come ti chiami?».

La sorella maggiore lo guardò indispettita.

«Anna, si chiama Anna» mentre la piccola si nascondeva un po', guardando Gabriele con un occhio solo che spuntava da dietro il fianco della sorella. «Giochiamoci di nuovo le stesse al raddoppio» continuò la ragazzina.

Gabriele non parlò, mise altre due figurine sul gradino di marmo della scala in cui erano seduti e strinse il pugno pronto a rotearlo per il gioco. Ancora una volta aspettò un momento e vide che lei apriva la mano. Lui la chiuse e si fece avvolgere perdendo e sorridendo alla piccola bambina che lo guardava. Del resto quelle figurine non le avrebbe potute giocare con un maschio. Le avevano tutti.

Le mamme uscirono dalla chiesa e loro neanche si salutarono, vide la bambina buttare per terra le figurine e un altro bambino andarle a raccogliere. A loro non le vide più e non sapeva che un giorno avrebbe incontrato Anna.

Era quasi un anno che ci frequentavamo. Lei era un'altra persona e non aveva più paura di farsi vedere con me. Scherzavamo per la strada, tenendoci per mano, uniti e forti ciascuno dell'altrui forza. I suoi occhi erano illuminati, la sua semplicità era diventata ancora più elegante e disinvolta, il suo capo non era più chino e si muoveva nel mondo cibandosi attraverso i sensi di ogni emozione, riempiendosi di conoscenza e di cultura. Adesso studiava, come aveva sempre desiderato fare, aveva trovato un lavoro e badava a se stessa, senza che il suo passato la disturbasse. Come quando il sole ha asciugato le tracce del fango di una pioggia intensa.

Dormivamo dopo aver fatto l'amore. Sognavo di Giuseppe e di quando giocavamo a *Carta, forbice e pietra*, di mia madre e delle sue infinite ore a pregare e delle mie attese nei cortili delle chiese. Mi svegliai di soprassalto. Mi misi a sedere sul letto. La guardai, la avevo accanto, era bellissima, distesa supina con una gamba piegata verso di me. Il cuscino copriva alla mia vista una parte del suo volto. Lei aprì gli occhi e, vedendo il mio sguardo smarrito, disse sorridendo: «Ehi, cosa c'è? Sono Anna».

E finalmente la riconobbi.

«Anna, eri piccola quando ti ho visto per la prima volta, giocavo con tua sorella. Ecco, quel gioco rappresenta la vita. La forza della pietra che viene avvolta dalla passione della carta. Raggrinzita e logora a volte, ma riesce a coprire il peso della violenza. La passione come la carta non resiste al taglio di una forbice, soccombe davanti alla ragione. Così è il mio mondo. La pietra ha ucciso mio padre e mi ha reso forbice anziché carta».

Lei mi guardava perplessa e sorridente, restando tra le lenzuola, strofinando le gambe lunghe e perfette. Annuiva.

Era giunto il momento che sapevo sarebbe arrivato. Dovevo lasciarle lievemente la mano. Dovevo renderla libera, io che non volevo legare la mia vita a qualcuno, che avevo sempre paura che tutto finisse e preferivo finire io per primo. Io che avevo timore di soffrire la lontananza di coloro a cui non sapevo dire *ti amo*.

Mi alzai e scrissi una breve lettera, prima di sparire dalla sua vita:

"Possano i viaggiatori trovare la felicità ovunque vadano, e senza sforzo possano realizzare ciò che si sono prefissi, e arrivati a riva sani e salvi possano essi riunirsi con gioia a chi amano".

Non so chi abbia detto questa frase, forse il Dalai Lama, ma chiunque esso sia, te la regalo affinché possa trovare la felicità che meriti e sei in grado di ottenere. Io sono lucido e logico. Io e te non possiamo stare insieme. La vita mi ha indurito e non posso legarmi a te più di tanto. Seguo la ragione, taglio ogni emozione e ogni processo mentale che mi trascini verso le semplici emozioni. Ti voglio bene e continuerò a pensarti sempre. Immagina che io sia un soldato partito per la guerra e mai tornato.

Questo forse è ciò che dobbiamo accettare, sperando che il tempo ci aiuti e a noi due consenta di trovare il modo un giorno di dirci ciò che abbiamo dentro. Aspettiamo però sorridendo. Fallo per me.

Anna

Gabriele, non lo accetto, non sei una forbice, non puoi essere solo ragione e logica, io sono arrabbiata, sono offesa. Sono come la carta, forse, ma oggi sono piena di me e ho la vita davanti e la voglio passare con te. Io con te ero felice, mi manchi.

Anzi, io con te sono felice. C'è tra noi qualcosa di unico e meraviglioso. Non voglio perderlo, e non voglio che si rovini. Per tutta la vita ho avuto la sfortuna di essere incasellata, stereotipata, condizionata, soffocata, addomesticata.

Non posso fare a meno di te che hai partecipato al mio risorgere, perché ho subito capito che non avresti cercato di impormi nulla, perché mi hai fatto capire cosa significa vivere senza la subordinazione a regole e costrizioni come se fossero verità assolute, che da sempre mi hanno voluto infliggere e che alla fine sono diventate mie.

Non intendo imprigionarti in promesse che non si potrebbero mantenere, ma se è vero che l'amore guida noi e non il contrario, allora lasciati guidare. Abbandona la rigidità della ragione che ti imponi e che non fa parte di te. Dici di essere forbice, in realtà io ti percepisco carta, ma che cerca di rimanere rigida. È come se volessi controllare i tuoi sentimenti in conseguenza di una vita che con te è stata fredda e odiosamente crudele, e ti irrigidisci. Ma io so che quel diventare rigido non è altro che uno dei tanti aspetti che appartiene alla carta, multiforme e versatile. Desidero che tra noi resti vivo un amore che vive perché ha voglia di esserci. Perché ci appartiene e ci impregna, che dura perché ne ha la forza e sa adattarsi alle avversità, un amore libero da condizionamenti che gioisce del suo esistere che, come tu mi hai insegnato, ama incondizionatamente e perdona.

Non credo sia giusto per nessuno dei due e ti chiedo di ripensarci, Gabriele, perché, lasciando me, non solo io resterò profondamente delusa, sola e sofferente, privata da ciò che di bello finalmente mi ha dato la vita, ma anche tu avrai amari ripensamenti perché le tue ragioni non hanno e non possono avere più peso di ciò che c'è tra di noi. Chiediti se mai ti capiterà ancora di provare una tale sintonia, se mai riuscirai a instaurare un altro rapporto alimentato dalla reciproca ispirazione vitale che corre tra noi. Chiediti se mai riuscirai ad amare ancora.

Ma che dico! A te non piace dire "ti amo", e lo dici così di rado. Ma continuamente mi sento amata da te, e proprio non capisco perché debba finire.

Gabriele

Ero leggermente piegato verso la paziente e la guardavo negli occhi con un sorriso. Il volto della anziana donna stava iniziando a rilassarsi. Così tranquillizzavo lei e la figlia che le teneva la mano. Cercavo di dare conforto e confortare me stesso in questo modo, ubriacarmi di lavoro e di altre emozioni, consapevole di non sapere fare altro che desertificare lo spazio ricettivo del mio cuore. Privarmi di ricevere amore come una persona anoressica ha paura del cibo. Avevo immagazzinato amore e adesso dovevo vomitarlo. Liberarmene per non sentirne gli effetti benefici, le carezze e la felicità. Perché la felicità non esiste, e se esiste non dura.

La signora con la mano libera afferrò la mia e la strinse e anche lei accennò un sorriso.

«Dottore, lei è un Angelo».

«No Signora, sono un Arcangelo, mi chiamo Gabriele, ma oggi non devo fare miracoli, lei non ne ha bisogno. Mi limito a una annunciazione. Le annuncio che basterà un poco di pazienza, una flebo e che lei stia attenta a non stancarsi per qualche giorno. E tutto passerà. Poi potrà continuare a badare ai suoi nipoti. Quanti sono?».

«Tre, dottore, l'ultimo ha due anni e si chiama Gabriele».

«Sarà bellissimo. Tutti quelli che si chiamano Gabriele sono bellissimi».

L'anziana donna scoppiò in una risata, e la figlia strinse al petto la mano della madre con un sorriso di luce.

L'infermiere mi guardava scuotendo piano la testa, ma per parlare aspettò che la donna fosse spostata in sala osservazione.

«Come stai? Non è che mi prendi per il culo continuando a scherzare. Ti conosco. Che ti è successo?».

«Niente, sono stanco».

«Ripeto» alzò il tono. «Non è che puoi prendermi per il culo. Ti conosco da troppo tempo. La tua donna dov'è finita? Anna, dov'è finita?».

«Se n'è andata».

«Minchiata! Ti sei spaventato. Vaffanculo amico mio. Non riesci a fidarti di nessuno che non sia gente con cui lavori, oppure cosa? La solita stronzata che le cose belle finiscono? Di' qualcosa di sensato: *non ero più innamorato, ho un'altra, non mi piaceva, mi tradiva, era una zoccola, sono frocio, era lesbica.* Ma questa minchiata che le cose belle non durano raccontala a chi non ti conosce, noi non siamo cretini».

Ero sbigottito, non avrei mai pensato che potesse aggredirmi con questa determinazione. Anna aveva messo allegria anche a loro. Tutti se ne erano innamorati.

«Scusa Gabriele, ma ci conosciamo da anni e abbiamo visto la vita e la morte e tu ci hai insegnato cosa vuol dire sentirsi fieri del proprio lavoro, essere una squadra, guardarsi e capirsi con gli occhi. Ma io che ti ascolto e ti seguo e mi fido di te, non ci credo. Non lasciarla, Gabriele, avrai sempre il rimpianto. Riesci una buona volta a capire che tuo padre ti è stato strappato e che la tua vita non può sempre essere attaccata a quel ricordo? Ti abbiamo visto felice di una felicità diversa, che ci ha preso tutti. Fai...».

«Codice Rosso, incidente con politrauma».

Una interruzione prevedibile ha fermato ogni parola ma non la mia mente. Non voglio pensarci, non voglio. Il ragazzo insanguinato e malconcio ha rubato ogni attenzione.

«Ha perso conoscenza. Frattura scomposta al femore, la testa, alla testa ha una pessima frattura, cazzo, questa è brutta».

«Prepariamolo per la TAC. Chiama in Neurochirurgia, chi c'è di turno? Fallo scendere subito per una consulenza».

Anna

Non posso, non voglio capire, non si può comprendere, non c'è ragione. Voglio vederlo. Mi preparo. Indosso la maglia che a lui piace, c'è una bella giornata, il cielo è limpido e forse chiarirà anche il nostro pensiero. Vado a prenderlo in Pronto Soccorso, arrivo lì a fine turno, lo aspetto fuori. Mi siedo sulla panchina. Tanto lui non esce mai in orario. Non molla mai. Cercherà di non mollare neanche con me, ma lui mi ama, non può finire. È impossibile.

Arrivano un'ambulanza e un'auto medica senza medico a bordo. Lo vedo scendere di corsa dall'ambulanza, deve essere un codice rosso. Arriva una macchina dietro con un paio di ragazzi. Il vigilante li ferma e prova a calmarli. Cercano di entrare urlando, ne arrivano altri. La situazione fuori degenera. Come spesso accade, cercano di entrare per fare cosa? Intervengono anche alcuni inservienti a spiegare che il ragazzo è in sala rossa, è grave e i medici stanno lavorando. È arrivato anche il neurochirurgo.

Passa un uomo veloce dietro la folla, sembra Giuseppe, solo più magro e trasandato.

Aspetterò ancora, Gabriele non molla mai e non uscirà finché ci sarà il paziente in codice rosso. Io aspetterò.

Giuseppe

Camminavo a testa bassa.

«Giuseppe» mi sentivo chiamare da un tipo che conoscevo.

C'era una confusione di gente urlante.

«Che minchia ci fai fuori? Dove vai? Che stai facendo? Vieni con me, che ti porto a casa, prima che succede qualche guaio. La gente qui lo sa chi sei».

Lo spinsi via e continuai verso la sala dei codici rossi. Eccolo, eccolo, l'amico mio, quello per cui piangevo, quello che guardavo perché avrei voluto essere come lui. Verme, mi ha preso sempre per il culo. Gli regalavo pure le figurine. Tutto buono buono e poi te la mette in culo. Pezzo di merda. Ti ammazzo come un cane e poi ti infilo la pietra in bocca tra i denti e con un calcio ce la faccio entrare, pezzo di merda. E lo vidi di spalle.

Gabriele

L'ho sentito arrivare, gli ho sorriso voltandomi, lo aspettavo e non è stato così doloroso. Anzi, non l'ho sentito affatto. Così deve essere stato per te, papà. Oppure tu hai sentito dolore?

Padre e figlio, uccisi da un padre e da un figlio. Se non fosse triste, sarebbe soltanto strano. Per entrambi la forza ha schiacciato la ragione e tutto è finito. Guardali, adesso come si disperano, vittime e carnefici. Guarda, papà, è passata adesso una volpe lì davanti a noi. È libera nel suo bosco.

Dammi la mano, per favore. Sai, papà, ho un solo rimpianto: vorrei solo un attimo in più per dire ancora una volta ad Anna quanto la amo.

ECOMPANY
Progetto Emission Free

PRODUCIAMO ECOLOGICO
Aderiamo al primo protocollo italiano
di Carbon Footprint per la
compensazione delle emissioni di Co2

Indice

Angelo Aliquò

Carta, forbice e pietra:
breve storia di passione, ragione e forza

Finito di stampare nel mese di ottobre 2015

Casa Editrice Kimerik
PATTI (ME)
tel. 0941 21 503 - fax 0941 243561
www.kimerik.it redazione@kimerik.it

Io sono la PAROLA
Io sono l'emozione
Non conta un bel nulla se mi sfiori o se mi sfogli
Io sono
Il libro

Kimerik® è un marchio registrato
Stampato in Italia